RYU NOVELS

# ガ島要塞1942

## 南溟の大海戦！

吉田親司

この作品はフィクションであり、
実在の人物・国家・団体とは一切関係ありません。

# ガ島要塞1942／目次

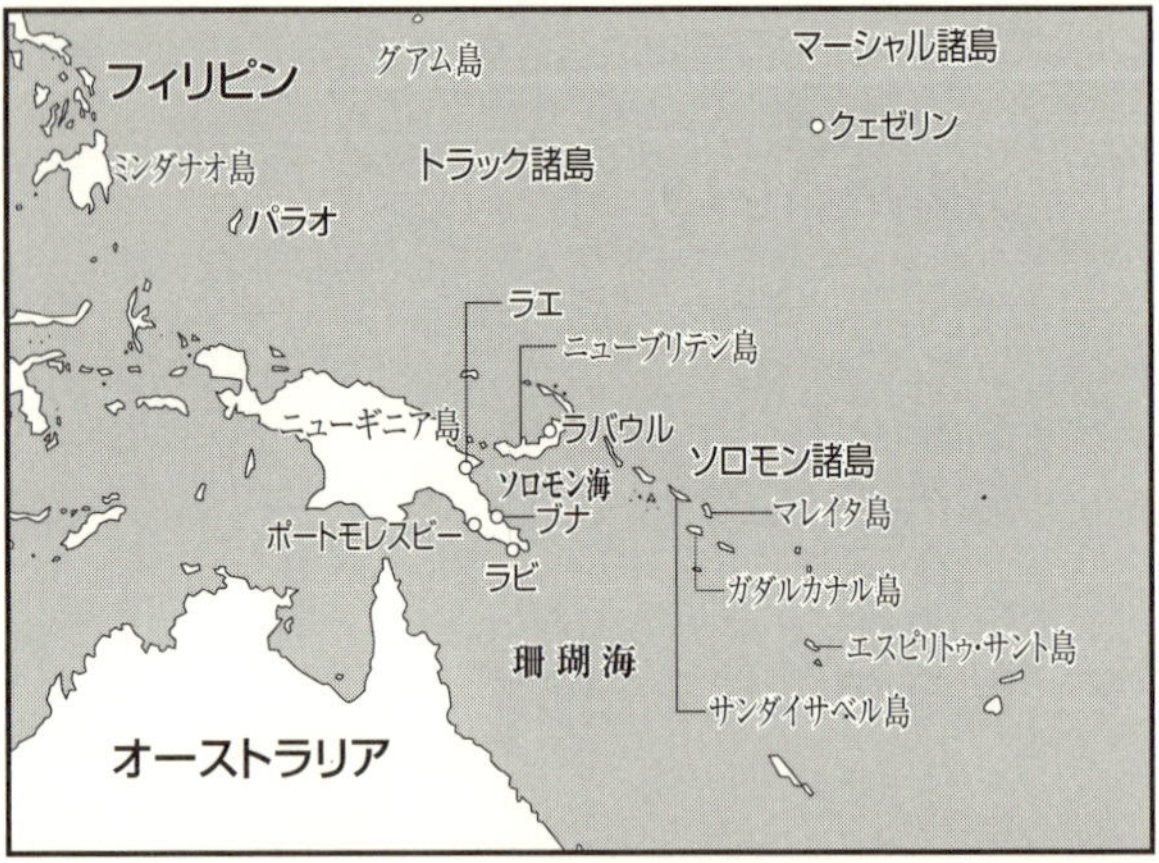

フィリピン
グアム島
マーシャル諸島
クェゼリン
ミンダナオ島
トラック諸島
パラオ
ラエ
ニューブリテン島
ニューギニア島
ラバウル
ソロモン諸島
ソロモン海
ブナ
マレイタ島
ポートモレスビー
ラビ
ガダルカナル島
エスピリトゥ・サント島
珊瑚海
サンダイサベル島
オーストラリア


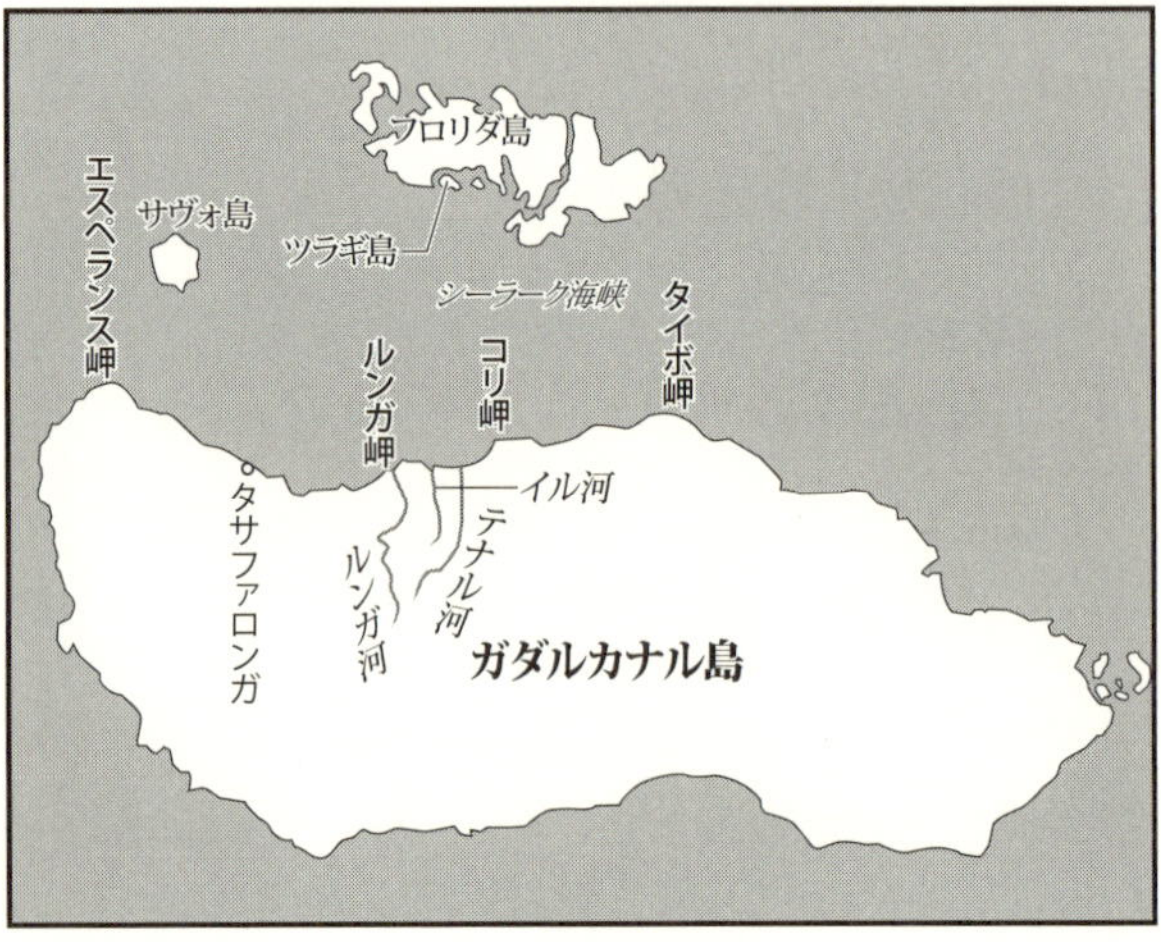

フロリダ島
エスペランス岬
サヴォ島
ツラギ島
シーラーク海峡
タイボ岬
ルンガ岬
コリ岬
イル河
タサファロンガ
テナル河
ルンガ河
ガダルカナル島

# プロローグ 起死回生のミッドウェー

## 1 瀕死の飛龍
——一九四二年六月五日 午後五時

ミッドウェー。

このバトル・フィールドの熱量は、海空ともにその沸点に達していた。

日米空母部隊による竜虎相打つ宴も、そろそろ佳境に入り、勝者と敗者の間には明確な線が引かれようとしていた。勝利の女神はアメリカに微笑みつつあったのである。

当然の帰結であった。常勝の世評に驕《おご》り高ぶる日本機動部隊と、強引とも称すべき勢いで迎撃態勢を整えた米太平洋艦隊との間には、目に見えぬ差が存在していたのだから。

ミッドウェー攻略および米空母誘引撃滅という欲張りな任務を引き受けた南雲忠一《なぐもちゅういち》中将に対し、守将レイモンド・スプルーアンス提督に与えられた使命はただひとつ。敵勢力の侵攻阻止である。

戦線が複雑に絡み合う状況下では目的の単純化こそが成功を呼ぶ。日本機動部隊は巧遅に拘泥《こうでい》しすぎ、莫大な授業料を求められたのである。

いわゆる〝運命の五分間〟だ。

魚雷から爆弾へ、そしてまた魚雷へと攻撃隊の装備転換を繰り返すうち、なにものにも代え難い時間を浪費し、それが破滅を呼んでしまった。

星条旗が描かれた急降下爆撃隊は拙攻ながらも結果を残した。四隻の日本空母のうち、三隻を同時に撃沈破に追いやったのは、アメリカ海軍史上最大の勝利と評してよい。

そして……いま、まさに真珠湾《パールハーバー》の復讐は完遂されようとしていた。

ドーントレスという名の鋼鉄の猛禽が、単艦で奮闘する中型空母〈飛龍《ひりゅう》〉にトドメを刺すべく、碧天から逆落としを強行したのだ。もはや日本機動部隊の命運は決したかのように思われた。

だが、しかし——。

戦術的優位が戦略的な劣勢を逆転するケースは稀だが、絶無ではない。

今回も、また然り。戦況をまたしても流転させる要素が乱入しようとしていた。

外つ国《とくに》から来た黒船《シユヴァルツェシフ》がそれである……。

『敵機、急降下接近中！　本艦直上！』

旗艦〈飛龍〉の航海艦橋に響いたのは見張りからの絶叫であった。

果てしなく死刑宣告に近い報告を耳にした第二航戦《にこうせん》司令官の山口多聞《やまぐちたもん》少将は、小一時間前に下した決断を悔いるのだった。第三次攻撃隊を薄暮攻撃へと切り替えたのは、取り返しのつかない失策だったと。

二航戦司令部は、米空母は近隣に三隻存在しており、第一次および第二次攻撃隊の空襲の結果、そのうち二隻を撃破したと考えていた。

残る一隻を沈めれば、戦況は再び日本側優位に転じる。諸条件から計算するに、敵襲があるとしても二時間後のはず。搭乗員の疲労も考慮すれば、ここは一呼吸おいたほうが無難だろう。

その状況判断は甘すぎた。実際のところ、撃破できたのは〈ヨークタウン〉だけであり、同型艦の〈エンタープライズ〉〈ホーネット〉はまったくの無傷だったのだ。

のちに〝ビッグE〟という異名を頂戴することになる〈エンタープライズ〉は、長姉のリベンジに奮起し、急降下爆撃隊の出撃を終えていた。

山口の乗る〈飛龍〉に殺到した二四機のSBDドーントレスは、全機が〈エンタープライズ〉を飛び立った飛行隊《スコードロン》であった。

無謀にも護衛戦闘機は皆無であり、直掩に従事していた一三機の零戦隊に妨害もされたが、彼らの敢闘精神《ファイティングスピリッツ》に戦神《マルス》が祝福を送ったのか、投弾に成功した機体が複数存在したのである。

「機関最大戦速へ。面舵いっぱい！」

焦《じ》れた声で怒鳴ったのは加来止男《かくとめお》大佐だ。昨年九月から〈飛龍〉艦長を務める男であった。

だが、回頭はなかなか始まらない。二〇ノット近くにまで速度を落としていた弊害だ。

対空砲火の筒音も途絶えたままであった。こちらは戦闘配食を開始した悪影響である。敵機は、食事中という最悪のタイミングを狙い澄ましたかのように襲来したのだった。

『敵編隊、攻撃を開始しましたッ！』

伝声管から転がり落ちてきた悲鳴に身を固くした山口であったが、敵弾は〈飛龍〉から五〇メートルも離れた場所に無意味な水柱を吹き上げた。至近弾とも評価できない結果であった。

「敵さんの搭乗員は、技量こそあまり高くないが戦闘意欲は旺盛だね」

山口の指摘に加来艦長も同意する。

「まだ素人と玄人の間なのでしょう。ただし油断はできません。勝利は自信に繋がり、自信は実力に直結するのですから」

艦長の言うとおりだなと、山口は厚い下唇を噛みしめるのだった。帝国海軍はすでに充分以上の勝ち星をアメリカに与えているではないか。

MI作戦に参加した正規空母四隻のうち、すでに三隻が地獄に追いやられていた。〈飛龍〉の準同型艦〈蒼龍《そうりゅう》〉は海面下に消え、巨艦〈加賀《かが》〉も大爆発を起こして後を追った。

南雲中将が将旗を掲げていた〈赤城《あかぎ》〉だけは、まだかろうじて浮いているが、艦内随所から紅蓮《ぐれん》の炎を吹き上げており、戦力はゼロだ。

「米海軍のパイロットに勝ち癖をつけさせるわけにはいかん。本艦は絶対に生還し、さらなる攻勢の駒とならなければ」

そんな山口の決意表明を嘲笑《あざわら》うかのように、新たな刺客の影が上空から現れた。

新手のドーントレス爆撃隊である。今回の編隊は尖兵に比較して、かなりの手練《てだ》れだ。高角砲と機銃が黒煙を中天に炸裂させたが、敵の勇気と戦意を削ぎ落とすことはできなかった。

逆落としをかけてきたのは、これまた〈エンタープライズ〉を発進してきた第三および第六爆撃隊のドーントレスだ。

一九四二年初夏の時点では、文句なしに世界最強の艦上爆撃機である。その腹に抱えた対艦爆弾の目方は一〇〇〇ポンド（四五四キロ）だ。航空母艦の息の根を止めるには、充分すぎる破壊力を秘めている。

怪鳥の雄叫びがひときわ大きくなった直後、黒褐色の累卵が投擲《とうてき》され、それが〈飛龍〉の艦首付近で炸裂した。

天地を揺るがす衝撃がフネを襲った。前部エレベータが爆風で吹き飛ばされ、その一部が左舷中央の島型艦橋にぶち当たった。

誰もが体勢を崩すなか、ひとりだけ仁王立ちを維持する山口は、即座に理解した。これで〈飛龍〉の戦闘力は完全に失われたと。

木造の飛行甲板は半壊しており、朱色の火炎で炙《あぶ》られていた。仮に消火を成し遂げたとしても、離着艦は無理だ。艦載機運用能力を喪失した空母など、浮かぶ標的でしかない。

数秒後、死を約束する報告がもたらされた。

『敵機、第二波投弾！　本艦《ウチ》が狙われている！』

もはやこれまでだ。真珠湾からインド洋まで暴れ回った正規空母〈飛龍〉の命脈は、いまここに切断されようとしていた。

だが、次の瞬間！

山口たちの上空に爆炎反応が生じた。荘厳かつ凄惨な鉄血の花が咲いた。

急降下を目論んだ三機のドーントレスが、一斉に粉微塵になって砕けたのだ。

「あの破壊力はなんだ！　駆逐艦じゃないぞ！」

叫んだのは加来艦長だった。

そのとおりだと山口も直感した。護衛駆逐艦の一二・七ミリ砲では、敵艦爆三機を一気に葬れはしまい。

あんな芸当ができるのは、大口径砲から放たれた対空榴弾だけだ。

空母〈飛龍〉の周囲には、戦艦〈榛名《はるな》〉と航空巡洋艦〈利根《とね》〉〈筑摩《ちくま》〉が陣取っているが、零戦隊を誤射する恐れがあるため、いずれのフネも主砲発射は自粛していた。

最大仰角をかけたとしても、直上から逆落としをかけてくる急降下爆撃機を主砲で討ち取るのは無理だ。

ならば、いったいどのフネが？

誰もが抱いた疑念を払拭したのは、山口多聞その人であった。

「友軍だ。第三一戦隊だ。連合艦隊直属の新鋭艦を山本《やまもと》長官が増派してくださったのだ」

加来艦長が生唾を飲み込んで言う。

「そうか。ドイツから買った護衛艦《フリゲート》ですな」

直後、見張りから二人の推測を裏付ける吉報が届けられた。

「南南西に艦影三。おそらく軽巡級。発光信号を確認！」

有意な光の瞬きは〈飛龍〉に、こう告げていた。

『我は第三一戦隊旗艦〈剣竜《けんりゅう》〉なり。これより僚艦〈清竜《せいりゅう》〉〈紺竜《こんりゅう》〉とともに対空対潜支援に着手す。いま暫《しばら》くの勇戦あれ』

## 2　援軍

——同日、午後五時五分

「敵艦爆三、撃墜成功！」

戦果を告げる通報に、護衛艦〈剣竜〉の航海艦橋は一気に沸き返った。感極まったのか、男泣きをする者が続出する始末だ。

無理もなかった。三空母が撃破されたという連絡が伝えられてからというもの、艦内には重苦しい空気が充満していたのである。

虎の子の機動部隊は事実上、崩壊した。帝国海軍は、もう二度と積極的攻勢には出られまい。ミッドウェー島攻略など夢幻の彼方に消え失せた。

開戦以来の初黒星だが、〈剣竜〉は初陣でそれに一矢《いっし》を報いた。初弾で艦爆撃破という初戦果を勝ち取ったのだ。

初物尽くしの吉報に、乗組員の士気は大いに回復したのだった。

「間一髪で間にあったか。だが、気を緩めてはならん。日没後も敵機は来るぞ。なんとしてでも〈飛龍〉を死守せよ」

艦長の有賀幸作《あるがこうさく》大佐は天空を睨《にら》んだまま、そう叫んだ。

怒気を込めた台詞に反し、有賀は内心で安堵していた。駆逐艦乗りとしては帝国海軍屈指の腕前を持つ彼も、異形と称すべきこの七〇〇〇トン弱の軍艦を使いこなせるかどうか、まだ自信がなかったのだ。

受領は先月三日であり、のちに〈隼鷹《じゅんよう》〉と改名される〈橿原丸《かしはらまる》〉と同時期であった。

こちらの改装空母は国産だけのことはあり、運用にさほど支障はなかったが、舶来品の〈剣竜〉はいささか勝手が違った。

乗組員はフネにまだ不慣れであり、戦術も未確定の部分が多かった。今回の対空射撃も場当たり的な行動だったが、結果が一切合切を押し流してくれたのである。

「艦長《カピタン》の意見は正しかったようだ。私は全面的に非を認めるしかない」

艦橋の隅に立つドイツ軍人が、流暢な日本語でそう言った。

彼はベルンハルト・ローゲ。海軍中佐であり、ブローム・ウント・フォス社の技師を束ねる統括責任者だ。

日本廻航時に同乗していたドイツ人は出撃前に

全員退艦したが、ローゲだけは従軍武官としての責任を全《まっと》うすると主張し、〈剣竜〉に乗り込んでいたのである。

「地上砲撃用の榴弾で飛行機を撃つと聞いたときは我が耳を疑ったが、考えてみれば、我がドイツの砲噴技術は世界一だ。汎用性もきわめて高い。破壊目標と定めた相手であれば、なんであれ、必ず撃破可能。カピタンはそれを実証してくれた。これで販路拡大も期待できる」

商売っ気を丸出しにする相手に、有賀艦長は厳しい表情で応じた。

「本艦搭載の二八センチ砲の最大射程距離は三万六四七五メートル。対空火器に転用すれば、さらに短くなることは承知のはず。二万六〇〇〇という間合いで戦果を稼いだ砲術員の技量を誉めてもらいたいものだな」

「賞賛は惜しみませんぞ。さすがはアドミラル・トーゴーの末裔ですな。しかし、それもドイツの先進技術があったればこそ。輸出版であっても一切の手抜きはありません。どこの国の誰が撃とうと命中するように設計してあるのです。この戦果は、いわば当然の結果かと」

「ならば当然の結果を継続して示してもらおう」

背後から古武士を連想させる野太い声が響いた。志摩清英《しまきよひで》少将である。開戦時には機雷敷設艦四隻で編成された第一九戦隊を率いていたが、この五月に新設された第三一戦隊の初代司令に就任し、ミッドウェー作戦に出陣していたのだった。

「駆逐艦〈谷風《たにかぜ》〉が敵機発見の煙幕をあげている。この間合いでは本艦の主砲よりも、防空艦の矢衾《やぶすま》が効果的だろう」

有賀艦長もこれに同意した。〈剣竜〉にもドイツ製の八八ミリ単装高角砲が装備されているが、数は少なく二基のみ。小さな船体に二八センチ連装砲を二つも載せた弊害であった。

「直上にまた急降下爆撃機か。取舵三〇。速度そのまま。〈紺竜〉に先鋒を譲れ」

基準排水量六九五〇トンの〈剣竜〉は有賀の命令に従い、軽巡なみの敏捷さで回頭した。

旗艦の動きを読んだのか、二番艦の〈紺竜〉は三〇ノットまで増速し、自慢の矢衾にものを言わせた。

このフネは船体こそ〈剣竜〉と同一ながら、任務はまったく違う。〈剣竜〉が二八センチ連装砲を装備した砲戦型であるのに対し、〈紺竜〉は防空特化型であった。

主兵装はＳＫＣ／33――六五口径の一〇五ミリ連装高角砲である。これを前甲板に四基、後甲板にも四基、そして左右の舷側に二基ずつ装備していた。

合計一二基二四門の火砲が一斉に矢を放つ。

夕暮が勢力を強めつつある天空に、アメリカ海軍機にとって凶兆を示す黒褐色の砲煙が密集して生まれた。それらは間髪をいれず朱色へと変貌していく。〈飛龍〉をつけ狙うドーントレスの編隊が断末魔を迎えた物的証拠だ。

『敵機編隊撃破！　四機以上の撃墜を確認！』

舞い込んだ吉報にも、志摩少将は沈着冷静な姿勢を崩さなかった。

「急降下爆撃を得意とする敵艦爆だが、突撃直前だったのか、過度に密集していたらしいね。一網打尽にできたのは天佑だよ。この調子で日没まで踏ん張らねば。我が第三一戦隊を先行させた長官の期待に応えねば」

志摩が口にした長官とは、もちろん山本五十六《いそろく》のことである。

戦艦〈大和《やまと》〉に将旗を掲げ、主力艦隊を直率していた山本大将は、南雲機動部隊危うしの一報が届くと同時に手を打った。

本隊に同行させていた志摩の第三一戦隊を離脱させ、戦線急行を命じたのだ。

「危機管理の第一歩は座視を避けることにあり。勝負師の山本長官はそれを心得ておられますね。私も大いにみならわねばなりません」

有賀が言った直後、新たな報告が入った。

「〈清竜〉より通達。九時方向に潜望鏡らしきもの見ゆ。各艦、雷跡に留意されたし。本艦はこれより対潜制圧行動に移る」

次なる脅威対象は天空ではなく、海中から姿を現したらしい。殿《しんがり》を走る〈清竜〉は大きく転進するや、左舷に五基据えられた八一式投射機を稼働させたのだった。

爆雷を撃ち出す対潜兵器だ。やや旧式ながらも信頼度は高い。また艦尾格納庫上部には、新型の九四式Y型投射機が四基設置され、そちらも順次攻撃を開始した。

屹立する二〇本以上の水柱を見つめながら有賀艦長が言った。

「飽和攻撃か。まさか太平洋の真ん中で物量作戦が可能とは思わなかった。新型対潜艦とはいえ、よくあれだけの爆雷を積み込めたものだ」

駆逐艦勤務が長かった有賀にとり、〈清竜〉の爆雷搭載力は驚異そのものだった。

開戦時、日本海軍が主力としていた特型駆逐艦の場合、対潜爆雷は最大でも三六個しか搭載できない。掃海具を積めば、さらに数は半減する。

だが、潜水艦制圧任務を主眼とする〈清竜〉は、実に二八八発もの爆雷を艦内に押し込んでいる。これは駆逐艦八隻ぶんに相当する値だ。

基準排水量六九五〇トンと、五五〇〇トン型軽巡より若干大きいだけのボディにこれだけの数を搭載できたのは、レイアウトの勝利と呼ぶしかあるまい。

「米潜も大胆不敵だ。南雲艦隊を待ち構えていたのだろうが、雷撃の間合いまで堂々と忍び込んで来るとは」

志摩の声に有賀艦長も応じた。

「敵将ニミッツも必死なのです。ここで〈飛龍〉を沈めれば残る空母は〈翔鶴《しょうかく》〉〈瑞鶴《ずいかく》〉の二隻となり、攻勢は難しくなります。ハワイの安全を担保するためにも、ありとあらゆる犠牲を払う価値があると判断したに違いありません」

「ならば、なおのこと〈飛龍〉を死守せねばな。ここは〈清竜〉が米潜の位置をつかみ、的確なる攻撃を与えていることを願うだけだ」

すぐに誇らしげな調子でローゲ中佐が言った。

「あの三番艦にはS - ゲレトを載せてあります。ワイマール共和国海軍でも新鋭艦にしか設置していないゲマ社製の水中音響探知機です。聞き逃すことはないでしょうし、取り逃がすこともないでしょう」

ドイツ人の発言は、すぐに現実のものとなった。段違いに大きく、そして黒ずんだ水柱が暮れなずむ海面に誕生したのだ。

鈍い爆発音があとからやってきた。原油らしき染みが幾重にも渦巻き、太平洋を汚らしく着色していく。

それで終わりだった。頭上からも眼下からも敵の姿は消え、戦場は突如として日常へと戻った。無気味なまでの静寂さのなか、驚くほどの勢いで暗闇が洋上を覆い隠していく。

緊張と興奮が徐々に薄らいでいく〈剣竜〉の航海艦橋に、空母〈飛龍〉からの一報が入ったのはほどなくしてのことであった。

『こちら二航戦旗艦〈飛龍〉なり。貴艦隊の支援に感謝す。本艦は鎮火に成功せるも、艦載機運用能力を喪失。これより戦線を離脱せんとす。明日未明まで第三一戦隊の護衛が必須。どうか加勢を願いたし』

志摩司令は頷《うなず》きながら、すぐに返電を命じた。

「委細承知した。内地帰投のその日まで〈飛龍〉の守備に従事す。残存艦隊を組み直し、西へと針路を取られたし」

すぐさま有賀艦長は海図盤に向かった。ミッドウェー島との位置関係から逆算して、二〇ノット以上で西進すれば、夜明け前には敵機の攻撃半径から脱出できそうだ。

どうやら〈飛龍〉だけは救えた。修理がかなえば、翔鶴型と合わせて空母三隻の態勢は維持できる。来たるべき航空決戦で、太平洋艦隊にもう一《ひと》太刀《たち》浴びせることも可能だろう。

そう考える有賀に志摩が横から言った。

「これにてＭＩ作戦は終了だな。ミッドウェー占領という戦略目標を達成できなかった以上、我らは敗れた。

戦艦部隊を突入させ、艦砲で敵基地を叩くこともできるが、山本長官は先が読める御仁だ。ここは兵を引くだろう。

ローゲ中佐、ドイツ海軍の従軍武官である貴殿には、負け戦《いくさ》という恥部を見せてしまった。相済まなく思う」

　碧眼の中佐は、生真面目な態度のまま告げた。

「二つ訂正させていただきます。まずひとつ。私はワイマール共和国海軍の武官であり、ドイツ海軍と呼ばれるのを好みません」

「それはこちらの不注意だった。貴国は、独裁とは無縁の共和制をいまもなお堅持しているのだったな」

「左様です。そして、もうひとつ申し上げておきたい。ミッドウェー海戦は日本海軍にとって敗北であったとしても、我らにとっては違います。祖国が生み出したＭＥＫＯ《ミーコ》艦隊は、立派に初陣を飾ることができたのですから」

# 第1章
# 敵を知り、己を知らず

## 1　戦況分析

――一九四二年（昭和一七年）六月一二日

『……親愛なるルーズベルト大統領閣下に謹んで御報告申し上げます。

私こと第一六任務部隊司令官レイモンド・スプルーアンスは、まずお詫びをせねばなりません。日本空母艦隊を殲滅《せんめつ》できるチャンスに恵まれながら、その使命を全うできなかったのは、この身の不徳の致すところです。

ミッドウェー基地には真珠湾《パール》を奇襲した六隻の航空母艦《フラットトップ》のうち、四隻が接近しておりました。

その掃滅こそ勝利への絶対条件でありましたが、撃沈に成功したのは三隻に終わりました。

中型空母〈ヒリュウ〉を取り逃がしたのは痛恨の極みです。そればかりか、僚艦〈ヨークタウン〉を敵潜の魚雷で失う醜態も演じてしまいました。

失敗に対する弁解を潔しとはしない風潮には賛同を惜しみませんが、過失の理由を分析するのは無意味な行為ではありません。

故にしばしの間、拙文にお付き合いくだされば、今後の戦局分析の一助になると愚考する次第であります。

今回の海戦において、完勝が辛勝へとレベルダウンした要因は、突如として戦線に乱入した敵の新戦力に求められます。

すでに報告が入っているとは思いますが、犯人は《ＭＥＫＯ》と呼ばれるドイツの新型艦です。

「MEhrzweck-fregatten KOnzept」

直訳するなら〝多目的フリゲート構想〟とでもなるそれは、ワイマール共和国が輸出に踏み切った軍艦であります。

製造元のブローム・ウント・フォス社が公表したデータには全長一七九メートル、全幅一八・九メートル、排水量六九五〇トンとあります。

重巡と軽巡の中間を指向したサイズですが、搭載火器のヴァリエーションに富み、様々な任務に投入できるのが特徴とされています。

武装の子細は未確認ながら、強力な対空火器を満載していることは確実です。精鋭の我がドーントレス爆撃隊が一網打尽にされた現実が、それを証明しておりましょう。

また、同海域でＳＳ‐１６８〈ノーチラス〉が消息を絶っておりますが、これにも《ＭＥＫＯ》が絡んでいるとすれば、対潜装備型が稼働していることになります。

情報部の失策を非難する気は毛頭ありません。しかしながら、事前に注意喚起さえあれば、対策を講じることも可能であったはず。そう悔やまれてならないのです。

敵空母を一網打尽にできなかった失策の責任は、すべて私にあります。いかなる懲罰的人事も甘んじて受ける覚悟ですが、もしも復讐《リベンジ》のチャンスを頂戴できるのならば、新たなる戦場で死力を尽くして日本海軍を撃滅する決意です……』

アメリカ合衆国第三二代大統領フランクリン・D・ルーズベルトは、長年愛用する車椅子に座ったまま、私信とも報告書ともつかない文書を再読していた。

そこはホワイトハウスではない。メリーランド州サーモントのキャトクティン山岳公園に設けられた公設の別荘だ。

一般に理想郷《シャングリラ》と呼ばれているこの保養地をルーズベルトは大いに気に入り、週末に滞在する回数も増えていた。趣味の切手コレクションの大部分を自宅から運ばせているほどだ。首都まで車で二時間弱の距離であり、突発事態にも対応できる。

文面を読み終えた彼が静かな口調で、

「スプルーアンスは必要以上に低姿勢だが、なにか裏でもあるのかね、ミスター・キング」

と訊ねるや、合衆国艦隊司令長官《COMINCH》のアーネスト・J・キング大将は、部下に対する寸評を述べるのだった。

「ノー・サー。レイは謀《はかりごと》を嫌う実直な男です。彼が低姿勢なのは本心から詫びたいと考えている。そう判断してよいでしょう」

「ならば謝意を受け入れ、閑職にまわしてやるべきだろうか」

「ご冗談を《ギミ・ア・ブレイク》。開戦以来、初の勝利を成し遂げた提督に懲罰を与えれば、誰が大統領のために命を棄てようとするでしょうか。責められるべき人物がいるとすればフレッチャーですな」

「第一七任務部隊の指揮官かね。たしかに〈ヨークタウン〉を撃沈された罪は大きい……」

ルーズベルトは言葉を濁した。キングが個人的にフランク・J・フレッチャー少将を嫌っていることを知っていたからである。

「しかし、情状酌量の余地はある。珊瑚海《コーラルシー》で傷ついた〝オールド・ヨーキィ〟の修理は不充分だったと、太平洋艦隊司令長官のニミッツから聞いているぞ。君の言ったとおり、全軍が初勝利の余韻にひたっている最中に、責任問題を提起するのは無粋だろう」

無表情のまま頷《うなず》くキングに大統領は続けた。

「君をここ、理想郷《シャングリラ》に招いたのは人事面のアドバイスがほしいからではない。艦船の専門家としての意見を求めたいからだ。

スプルーアンスが力説している《MEKO》とは、それほど厄介な軍艦なのかね」

眼光を鋭くしてからキングは言った。

「敵艦の鮮烈なデビュー戦に遭遇したとはいえ、スプルーアンスは過大評価しております。あれは軽巡に毛の生えたような代物です。戦艦や艦載機はおろか、重巡にさえ敵《かな》いません。登場するタイミングに恵まれ、厄介な印象を残しましたが、次の戦場で必ずや息の根を止めてみせます」

景気のよい発言だが、ルーズベルトは返答に満足できなかった。

「単に兵器として考えれば、そうだろう。しかし、《MEKO》には額面以上の価値がある。政治的な見地から、私はそう判断せざるを得ないのだ」

一九四二年初夏の時点において、列強各国はフリゲートと呼ばれる軍艦を保有していない。

かつては戦列艦に次ぐ火力とサイズを誇る艦船として欧州海軍で重用されていたが、蒸気機関の発達にともなって活躍の場を失い、その任務を巡洋艦《クルーザー》に譲った。フリゲートは歴史的使命を終えたと判断され、人口に膾炙《かいしゃ》しなくなっていった。

ワイマール共和国はこの状況を逆手に取ったのである。

かつての敗戦国は外貨獲得の手段を武器販売に見いだしていた。一九二〇年代後半から陸戦用の火砲や航空機エンジンの輸出に着手していたが、さらなる増収増益が急務となり、艦船の販売にも踏み切ることになった。

駆逐艦や水雷艇なら販路の獲得も容易であり、戦勝国も賠償金回収の面から一定の理解を示してくれたが、安価すぎて旨味はあまりない。

諸外国から熱望されていたのは潜水艦だ。前の世界大戦でイギリスを餓死寸前にまで追い詰めたUボートの輸出が実現すれば、ベストセラーは間違いない。国庫は大いに潤うだろう。

残念ながらベルサイユ条約という重い枷《かせ》があり、潜水艦は開発、保有、販売のすべてが厳禁されていた。

これを突き崩す政治力を持った傑物は、当時のドイツにはいなかった。英仏の圧力に脅えるワイマール共和国の為政者たちは、より現実を見据えた商品を考案するしかなかった。

ドイッチュラント型装甲艦、いわゆる〝ポケット戦艦〟に興味を示す国もあったが、建造に月日を要するし、戦勝国の反発も必至だ。

熟慮と工夫の末に行き着いた先が《ＭＥＫＯ》という新概念の艦船であった……。

「ドイツ人は小賢《こざか》しい連中です。いかにしてベルサイユ条約の隙間を突くかばかり考えています。規制ギリギリの船体に二八センチ砲三連装砲塔を二基装備したポケット戦艦はその嚆矢《こうし》でしたが、今回の《MEKO》は第二弾といったところでしょうか」

説明を続けようとするキングをルーズベルトは制して言った。

「船体の大部分を商船構造として、寸法と機関を統一。こうすれば大量生産が可能となり、価格は抑えられる。一本煙突だけは標準装備だが、甲板に付随物は他になし。つまり、兵装を好きにアレンジできるわけだ。二八センチ砲を載せるもよし、対空砲座を満載するもよし。いっそ航空巡洋艦にする手もある」

「お説のとおりです。ただ、こうした兵器はアイディア倒れとなるか、完成したとしても中途半端な性能で終わるもの。《MEKO》もその前例からは逃げられませんよ。

それにしても、ずいぶんお詳しいですな。もしやイギリスの諜報員からの情報ですか?」

「いや、パンフレットを見ただけだ。ブローム・ウント・フォス社が豪華なものを送ってくれたのだよ」

ルーズベルトは色刷りの小冊子を取り出すと、マホガニーの豪奢なテーブルに置いた。

「露骨な挑発ですかな」

「ノー。露骨なセールスだよ。合衆国海軍もぜひ購入を御検討くださいとある」

「造船の巨人たる我が国に対し、身のほど知らずな言い分ですな。拝見しても?」

大統領が頷くや、キングは立ち上がってパンフレットを手にした。神妙な面持ちのまま数ページを凝視する。

「こいつは驚いた。日本へ売却した三隻のシルエットまで描かれてるじゃありませんか。

砲力重視タイプに対空艦、そして対潜特化型か。汎用性の高さにはうならされますな。タービンとディーゼルを併用した三軸推進で、速力三〇ノット強か。使い勝手もよさそうです」

「スペックの欄を見てくれ。基本排水量六九五〇トンとあるが、基準や満載の誤植かね」

「几帳面なドイツ人のことです。それはあり得ません。採用する火器や装備によって重量が左右されることを見越し、基本排水量という表現で逃げているのです。

国によって差はありますが、七〇〇〇トンを超えれば重巡とみなされ、英仏に睨まれてしまいます。軽巡以上で重巡以下。そこでフリゲートです。曖昧《あいまい》な表現を使うことで、旧敵国の批判をかわすのが狙いかと」

ルーズベルトは、そこで顔をしかめた。旧敵国というキングの表現が心に刺さったのだ。

そうした大統領の反応に気づかなかったのか、キングはさらに言った。

「ともあれ《MEKO》がミッドウェーに姿を見せたのは現実。太平洋艦隊が再建途上にある現在、ハード面での対抗は困難です。かつて計画されていたスーパー・デストロイヤーが完成していたならば、多少状況は変わっていたでしょうが」

キングがないものねだりをした軍艦は、戦前に設計された超大型嚮導《きょうどう》駆逐艦のことである。

日本海軍の二〇〇〇トン級新型駆逐艦――すなわち朝潮《あさしお》型に対抗すべく、アメリカは基準排水量四〇〇〇トンもしくは四七三〇トンの大型艦を、本気で模索していた。連装一五センチ砲を四基も搭載した軽巡に近いタイプだ。

諸般の事情から優先順位は低く設定され、実現には至らなかったが、キングはまだ未練がましく語るのだった。

「アトランタ型軽巡に予算を奪われ、大型駆逐艦は日の目を見ませんでした。ならば、あの防空艦の戦線投入を早め、《MEKO》に対抗させるべきです。

また人事も刷新し、新たなる体制で日本海軍を痛打すべきかと。やはりフレッチャーには地上勤務を命じるべきです。ニミッツも文句は言わないでしょう」

大統領は渋面でそれに応じた。

「書き換えようのない過去ではなく、構築できる未来へ目を向けるのが政治家の務めだが、やはり責任者への処罰も必要か。生贄《いけにえ》とするのはフレッチャーだけにしてくれたまえ。

この段階で空母部隊指揮官の首を飛ばせば、新規攻勢が遅れてしまう。少なくともハルゼーが復帰するまで、メンバーの入れ替えは控えねば。

ニミッツはスプルーアンスを太平洋艦隊司令部の参謀長に推挙したいと言ってたが、もうしばらく最前線で働いてもらおう」

「猛将ブル・ハルゼーが発疹で倒れるとは、想定外のところに伏兵がいたものですな」

キングは面白くなさげだった。酒豪で漁色家である彼は、豪放磊落《らいらく》なハルゼーを同類と見なしていたが、紳士型のフレッチャーや変人のスプルーアンスは低く評価していたのだった。

「我らは一分一秒でも早く攻勢をしかけ、イニシアティブを握らねばならない。ハルゼーが退院するまで待つことはできん。ノックスも同意見だ」

ノックスとは昨年七月から海軍大臣の職にあるウィリアム・F・ノックスのことである。

共和党で大統領候補にあげられた経験を持ちながらも、ノックスはライバルであるルーズベルトの政策には同感と支持を表明していた。

昏迷を続けるヨーロッパ状勢に対応するため、連立政権を模索する大統領は、あえて政敵に近いノックスを陣営に引き込んでいたのだった。

「俺のボスは、日本軍の新たな侵略計画でも察知したのでしょうか」

キングは、ノックスの推薦で合衆国艦隊司令長官のポストを得ており、無下にはできない相手であった。もとをただせば陸軍出身の新聞屋にすぎず、内心面白くはなかったが、キングは海軍大臣の発言に一応の重きを置いていた。

この男、ノックス経由で圧力をかければ、まだ言うことを聞くようだ。ルーズベルトは少しだけ安堵し、慎重に言葉を選ぶのだった。

「敵も空母戦力を疲弊した以上、再編制には時間を要するだろう。トーキョーのトージョーが進軍の野望を抱く前に先手を打たねば。時間的余裕はない。ノックスはそう考えている」

「同感です。攻撃は最大の防御ですから」

「それと同時に、海軍大臣の視線はヨーロッパへと向いているのだよ」

キングは途端に表情を歪《ゆが》めた。

「やはりソ連が動きますか？　スターリンは国境を接するドイツに攻め入るのでしょうか」

「イギリス政府からの情報では、モスクワは占領下のポーランド全土に地上部隊を集結中らしい。いつ夏季攻勢が始まってもおかしくない状況だ」

盛大にため息をつきながら、大統領はこう告げるのだった。

「英仏は敗者ドイツを苛《いじ》めすぎた。そして弱体化の代償を自ら支払うハメになった。まさか我らにも請求書が回ってくるとは。ヨーロッパ状勢は実に複雑怪奇だよ……」

＊

第一次世界大戦後のヨーロッパは、混沌の地に変わり果てていた。

すべての要因はベルサイユ条約にある。敗戦国ドイツの勢力を削ぎ落とすため、領土・軍備・経済のすべてに足枷をはめたが、これは明らかに過剰な処分であった。英仏は勝者の味を堪能したが、それが自らに災いとなって押し寄せてくる運命を予測してはいなかった。

歯車が狂い始めた最初の一歩は、フランスとベルギーによるルール進駐である。

一九二三年一月。二国は戦時賠償金の未払いを不服として陸軍部隊を派遣し、ドイツ経済の重要拠点であるこの地を占拠したのだ。

事実上の侵略に対し、解体されたままのドイツ国防軍には有効な対策を講じる術《すべ》などなかった。炭鉱労働者たちが不服従の態度で抵抗したが、銃口の前には無力すぎた。ミュンヘンで一揆《プチ》を計画していた極右グループが乱入し、テロ活動に明け暮れた結果、エッセンやドルトムントといった大都市は荒廃していった。

強硬すぎるフランス首相レイモン・ポアンカレに対し、イギリスは懐柔案を提示した。勝者たる期間の長い彼らは経験で知っていた。過度の取り立ては怨みを買うだけだと。

アメリカに仲裁を依頼し、ドーズ案という新たな賠償方式が用意されたが、フランスとベルギーはこれを蹴り、自国から大量の労働者を強制移住させ、債務の回収に勤しんだ。彼らが最終的に撤兵するのには、一九二九年の世界大恐慌を待たなければならなかった。

七年もの占領はドイツ全土に政治的混乱をもたらした。この状況で、もしカリスマ的な指導者が誕生すれば、またたく間に天下を握れたかもしれないが、ベルリンの指導部は徹頭徹尾、衆愚政治に終始したのだった。

器量はともかく、国民的人気を博していたヒンデンブルク大統領が死去するや、立候補を欲する者さえなく、その座は空席となった。以後は首相が国家元首となったが、三六五日以上その職責を果たす者はいなかった。

無気力は国民にも伝染した。長期にわたり国土を蹂躙《じゅうりん》されたドイツ国民は誇りを回復できず、軍の強化よりも安易な服従の道を選んだ。

毎年のように総選挙が実施され、与党と野党はそのたびに入れ替わったが、対外方針は常に一貫していた。

いわゆる土下座外交である。

『ドイツ国民は世界大戦を引き起こした罪を認め、永遠に詫び続けよう。補償も言われるままに実施する。だからこそ再びの武力介入だけは、どうか勘弁してもらいたい』

英仏は低姿勢を極めるドイツを高く評価し、ようやくヨーロッパに安寧がもたらされたと喧伝《けんでん》した。ベルリン政府が武器輸出に踏み切ったときでさえ、外貨獲得は借金返済に繋がる道だと歓迎の意を示したほどだ。

しかし、イギリスもフランスも忘却していた。東方にはソビエト連邦という脅威が勢力を拡充し、西進の機会をうかがっていることを。

一九三九年九月一日朝。ソビエトの誇る赤軍は、解放という偽りの美辞麗句のもと、隣国ポーランドへ武力侵入を開始したのである。

全欧に動乱の嵐が吹き荒れ始めたのだ。

北部白ロシア方面軍と南部ウクライナ方面軍で構成された突入部隊は実に八個軍。投入された戦車は三七三九輌、航空機は三二九八機を数えた。

この暴挙に対し、英仏は有効な対策をなにひとつ打てなかった。歴史ある中欧の強国は六週間で蹂躙され、赤旗がワルシャワに翻《ひるがえ》った。

ソ連首相ヨゼフ・スターリンは領土的野心の終結を宣言したが、それを鵜呑みにできるはずもなかった。現に彼は同年秋にはバルト三国をあっさり併合し、一一月末にはフィンランドへと進軍を開始したのである。

赤い嵐に戦慄したのは、新たに国境線を接することになったドイツであった。

当時の首相はクルト・フォン・シュライヒャー。ワイマール共和制の維持に尽力し、すでに六回も首相の席に就き、五度追われていた彼だが、今回の国難は独力では防ぎようがなかった。

ドイツ陸軍の総兵力は約二〇万。ベルサイユ条約で認められた一〇万名から倍増してはいたが、戦車も軍用機も近代戦を戦える陣容ではなく、ソ連が領内に侵入すれば阻止は無理だ。

こうした状況をいちばん危惧したのはフランスであった。ドイツが崩壊すれば赤い侵略者が次に狙うのは彼らである。

考えすぎでも取り越し苦労でもなかった。すでに西隣のスペインには親ソ政権が誕生していた。モスクワの援助で内戦を勝ち抜いたアサーニャが共和国大統領として居座っており、ソ連軍事顧問団も常駐していたのだ。

　座視を続ければ、東西から挟撃される危惧さえある。フランスは、自らの手で防波堤を破壊した愚を悔やみつつ、対独軍事援助に踏み切ったのである。

　二年前に成立していた英仏独防共協定に基づき、ドイツもフランス軍の国内派遣を容認し、同時にイギリスも海外派遣軍《BEF》の編成を開始した。

　露骨な対決姿勢にスターリンは遺憾の意を表したものの、ドイツ侵攻だけは見送った。英仏独はこの動きを、ポーランドに傀儡《かいらい》政権を誕生させる時間稼ぎと分析したが、真相は違った。

　赤き独裁者の視線は極東に向けられていたのである。

　ヨーロッパの解放を成し遂げるには、アジアの難問を一時的にでも棚上げしなければならない。

　そう決意したスターリンは、ひとまず日露戦争とノモンハンの怨みを忘れ、大日本帝国との歴史的和解に着手したのだった。

　日ソ二国間同盟——一九四一年春に締結されたそれは、不可侵を謳《うた》う平和条約めいたものでありながら、実質は軍事同盟にほかならなかった。

　英仏独は恐怖した。東京とモスクワは世界分割に乗り出す気に違いない。

　そんな憶測が現実味を帯びて語られるようになるまで、さほど時間は必要としなかった……。

*

「複雑怪奇な世界情勢に秩序をもたらすのは、我が合衆国をおいてほかにありません」

　あくまで強気なキングは、こう言い張った。

「まずは真珠湾《パール》を騙し討ちにした日本を打倒し、

しかるのちにソ連を叩くのです。日ソ二国間同盟という悪の枢軸の増長を食い止めれば、五年先の世界戦略において覇権を握れます」

ルーズベルトも同意見だった。だが、現実直視こそ政道なりと信じる大統領は、静かに言葉を繋いでいくのだった。

「そのためにはヨーロッパ諸国との密接な連携が必要だ。しかし、日本と直接刃《やいば》を交えているのはイギリスのみ。仏独を対日戦に巻き込みたいが、なかなかうまくいかない」

「フランスはインドシナの経営権を日本に売り渡すほど困窮しておりますし、ドイツにいたっては《MEKO》の販売を通じ、いまや親日国に成り下がっておりますからな」

渋面のままルーズベルトは同意した。

「英仏同盟がもっと強固なら、自動的にフランスは参戦していたはずなのだが。せっかく日本の仏印展開と同時に禁油措置まで講じてやったのに」

「武装蜂起したインドシナ共産党に手を焼き、勝手に独立されるくらいならばと、治安維持を名目に日本陸軍を招来したのでしたな。原住民の抵抗勢力には、ソ連が武器援助をしているとの情報もあります。ブルムやダラディエといったフランスの首相は、いずれも左派。あるいは最初から日本と裏取引をしていたのでは？」

キングの言葉を浮説だと一蹴することはできなかった。日本は南方資源地帯の獲得を試み、二年前から兵を小出しにしているが、その展開は異様なほどにスムーズだった。関係各国との事前協議が終わっていたとすれば、その説明がつく。

大統領は内心で疑念を感じていた。

最後通牒としてハル・ノートを突きつけるのは、

半年後でもよかったのではなかろうか？　ソ連という自由主義世界共通の敵を倒す前に、日本という新たな脅威を目覚めさせてしまったのは失策だったのでは？

だが、政治家とは決して悔いず、媚びず、省みない人種である。ルーズベルト大統領は、先ほど届いたばかりの極秘情報を口にするのだった。

「ポーランドに埋伏させている諜報員から連絡が入った。ソ連のドイツ侵攻は今年の秋だ」

露骨に顔を歪ませてからキングが言った。

「ポーランド征服の二周年を祝う気でしょうか。ロシア人も意外にジンクスが好みなようですな。そうなれば、イギリスとフランスはドイツ全面支援に動く。最悪の可能性として……」

青ざめたキングにルーズベルトは真相を告げた。

「そうだ。イギリスは日本と単独講和を結ぶかもしれない。チャーチル首相は合衆国への協力姿勢を崩していないが、ソ連が西進すれば国内世論の突き上げに耐え切れまい」

「だとすれば……我らに可能なのは米豪連絡線の死守でしょうね」

「うむ。オーストラリアが孤立し、戦線から脱落すればイギリスには厭戦《えんせん》気分が広まる。オランダが戦意を喪失し、事実上の休戦状態にある以上、下手をすれば合衆国は、ただ一国で日本と戦わねばならなくなる」

「ソロモン諸島への攻勢計画を急ぐ必要がありましょう。なかでもガダルカナルの確保は勝利への絶対条件となります。飛行場建設の適地はあの島しかないのですから」

近未来の戦場の名前を聞き流しながら、ルーズベルトは車椅子の肘掛けを握りしめると、老いた目を再び小冊子に向けるのだった。

「……忌々しい輸出軍艦めが。こいつが存在した原因を潰していれば、全ヨーロッパを対日包囲網に取り込めただろうに」

ブローム・ウント・フォス社が送りつけてきたパンフレットの表紙には、《ＭＥＫＯ》の活躍予想図が流麗なカラーイラストで描かれていた。

「古風ですなあ。いまや総天然色の写真が普通に使われていますのに、あえて絵画を使うとは」

キングの台詞に大統領は淡々と応じた。

「映画の宣伝ポスターと同様、商品のイメージを伝えるには、写真よりも絵のほうが適していると いう判断だろう。ブローム・ウント・フォス社の社長が自ら絵筆をとっているらしいぞ。いまではドイツ財界を動かす巨人だが、もともと画家志望だったとか」

表紙には主砲と高角砲、機銃を乱射し、さらに魚雷まで発射する《ＭＥＫＯ》の勇姿が描かれており、隅には作者のサインが記されている。

それはこう綴られていた。

Adolf《アドルフ》 Hitler《ヒトラー》と……。

## 2　滑走路設営隊

――一九四二年（昭和一七年）七月八日

ガダルカナル。

ソロモン諸島における最大の陸地は、嵐の前の静けさに包まれていた。

居住するのはポリネシア人ばかりだ。食人という風習は廃《すた》れて久しいが、西洋文明との交わりはまだ薄い。

名目上はイギリス保護領であり、稀にオーストラリアのフネが寄港することもあるが、大多数の現地民は未開の世界で平和に生きていた。

彼らにとって不幸だったのは、島の北西部に開けた土地が存在したことであった。そこはソロモン諸島で本格的な滑走路が建設できる唯一の場所なのだ。軍人が翼を手に入れた瞬間から、この島に軍事基地が建設されることは、地政学的宿命だったのかもしれない。

現代戦の足音は、ここにも確実に忍び寄っていたのである……。


「隊長、妙ちくりんな奴が来よりましたわ！」

第一三設営隊の隊長を務める岡村徳長《おかむらとくなが》中佐は、部下である矢部《やべ》幸浩《ゆきひろ》兵曹長の声に土木作業の手を緩めた。

「ふん。このガダルカナル島にいる妙な奴の代表格は、この岡村中佐であるぞ。俺を超えるような妙な奴など、そうそうおらん！」

額《ひたい》の汗を拭《ぬぐ》いながらそう言った岡村だが、その言葉に嘘はなかった。彼は自他ともに認める奇矯《ききょう》な人物であった。

四国の土佐出身で現在四五歳。横須賀航空隊を皮切りに搭乗員として頭角を現し、航空機の改良に尽力していた岡村は、計器飛行を実用域にまで高めた改革者として知られている。

それと同時に奇行も目立った。水上機を喪失した際の謹慎期間を強引に短縮させたエピソードが特に有名だが、昭和三年には訓練飛行中に墜落事故に遭い、顔面に大火傷を負った。

その七年後にいったん予備役に入り、中島飛行機を経て独立。富士航空を設立して代表取締役に就任したものの、日米開戦の一ヶ月前に志願応召して現役復帰し、佐世保鎮守府付から第一三設営隊の隊長となり、ここガダルカナルへ派遣されていたのである。

上陸は一週間前であった。すでに門前鼎《もんぜんかなえ》大佐が指揮する第一一設営隊が作業中であり、岡村はその加勢に呼ばれたのだ。飛行機のパイオニアであり、当然ながら飛行場建設に関するノウハウを熟知していることが評価されたのだった。

部下を率いてガダルカナル島に到着した岡村は、門前大佐との協議もそこそこに実作業に着手した。涼しげな木陰と籐椅子もあったが、彼は監督指揮より現場を好んだ。

自らツルハシとモッコを使い、一緒に汗を流す岡村徳長を、部下たちは親愛を込めて〝トクチョウさん〟と呼んでいた。彼自身もその渾名《あだな》を気に入っているようだ。

こうした経歴からわかるように、秀才と奇人の間を行き来する男であったのは事実である。矢部兵曹長もそれを承知してはいたが、

「隊長など及びもつかぬほどおかしな奴でっさ。ここの土着民や言うてますけど、ワイより日本語が上手でしてのう。隊長と話がしたいと言うとりますが、どないしましょ？」

などと頑《かたく》なに主張するのだった。そこまで言われては岡村も手を休めざるを得ない。

「日本語を話す土着民？　南洋庁の宣撫《せんぶ》政策がここガダルカナルにまで及んでいたとも思えんが。とにかく会おう。どこにいる？」

「司令本部に待たせとりますわ」

岡村は矢部の背中を追って、完成したばかりの宿舎に急いだ。司令本部と呼ばれているが、実際はバラックに毛の生えたごとき安普請である。

出入り口の屋根の下に中背の男が立っていた。

なるほど、たしかに容貌魁偉《かいい》な相手だった。

上半身は裸で、袴だか腰蓑だかよくわからない代物をはいている。褐色に日焼けした肌と伸ばし放題の髪と髭《ひげ》からは、土着民の雰囲気しか感じさせないが、双眸《そうぼう》には叡智《えいち》の光が灯っていた。

相手はこちらに気づくと反射的に立ち上がり、驚くべき仕草をして見せたのだった。

非の打ちどころのない海軍式敬礼である。

岡村は、すぐさま悟った。それは物真似などでは断じてない。独特な背筋の伸ばし方で一目瞭然であった。この男は、かつて帝国海軍に籍を置いていたに違いない。

丁寧に返礼をしてから岡村は話し始めた。

「第一三設営隊隊長の岡村だが、貴官は？」

相手もすぐに正体が知れたと把握したらしく、こう切り出したのだった。

「私はミノ・ウルファアルと申します。日本語を喋るのは本当に久しぶりなのですが、聞き取ってもらえますか」

「大丈夫だとも。この矢部兵曹長の関西弁よりもずっとよくわかるぞ。貴官はここに潜伏している諜報員と見たが、どうかな？」

唇を吊り上げるような笑みを示してから、相手は返した。

「ちょっと違います。私の和名は稲原実《いなはらみのる》です。かつては帝国海軍の少尉候補生でした。海軍兵学校第五九期卒です」

その名には聞き覚えがあった。記憶を呼び起こした岡村は、こう指摘するのだった。

「そうか。お前はスバの若酋長《わかしゅうちょう》だな……」

昭和七年のことである。練習艦〈浅間《あさま》〉が英領フィジー諸島のビティレブ島スバに寄港した際、少尉候補生と現地酋長の娘の間にささやかなロマンスが生じた。

フネを表敬訪問した浅黒い肌の少女が足に怪我をし、稲原少尉候補生が彼女を助けたのだ。迅速かつ的確な処置により疵痕《きずあと》も残らず、父親の酋長からたいへん感謝された。

稲原個人を気に入った酋長は、ぜひとも娘婿に欲しいと渇望したが、稲原はひとまずそれを謝絶した。帝国海軍軍人は、日本国籍の女性が相手でなければ結婚できぬという軍律があったためだ。

しかし、帰国後に海軍省は稲原に婚姻を強力に勧めたのだった。

近未来、フィジー諸島は日米激突の戦場となる公算が大きい。その際に帝国海軍と内通できる者が埋伏していれば、情報収集や協力者の獲得に大いに寄与するだろう。

相手は小なりといえども、部族長の娘である。言うならば豪族。土着民を束ねるのに、これほど好都合な身分もない。明治時代、皇室はハワイ王国カイウラニ王女との縁談を固辞し、悔いを今日まで残しているではないか。失策を繰り返すことなかれと。

熟慮の末、稲原少尉候補生は縁談を受け入れる決心をし、自ら予備役に入ったのち、フィジーへと旅立っていったのだった……。

「こいつは驚いたぞ。一〇年前から潜伏していた諜報員と、まさかこんなところで遭遇するとは」

粗末な椅子に腰を降ろしつつ、岡村は続けた。

「しかし、解せぬな。婿入りしたのはフィジー諸島のどこかだったはず。そこからガダルカナルまではずいぶん離れていように」

相対する席に座った異形の人物は、予想以上に滑らかな口調で予想外のことを話し始めた。

「お説のとおり、私が妻《めと》を娶ったビティレブ島から二〇〇〇キロ遠方ですが、南洋の部族にとって距離はあまり問題になりません。島と島の間には数百年にわたって活用されている海流航路があるのです」

「どうしてガダルカナル島にいたのだ？」

「楽に飛行場が作れそうな土地がある島は、ソロモン諸島ではここだけ。いずれ戦場になるに違いないと考え、一昨年の九月から民の宣撫に務めておりました」

その日付に岡村は敏感に反応した。

「ソ連のポーランド進撃開始の直後だ。どうしてそれを知ったのだ？」

「数日遅れですが、ニュージーランドから英字新聞が届くのです。島ごとに程度の差はありますが、ソロモンは日本人が思うよりずっと文明化されております」

安堵したような調子で矢部兵曹長が言う。

「それがホンマなら助かりますわな。もう人食い人種とかおらへんのですか」

「行くところに行けば、まだいます。ポリネシアとミクロネシアとメラネシアの文化圏は、それぞれ特色が異なりますからね。しかし共通項も多い。

島暮らしだから基本は閉鎖的ですが、同時に新しもの好きでもあります。土地に対する執念は並大抵ではなく、常に家系を重んじ、敵と味方で合従連衡を繰り返す。なんだか戦国時代の我が国に似ていませんか」

今度は岡村中佐が応対した。

「もしや君は自分を家康に喩《たと》える気かな？　それとも信長か、あるいは秀吉か」

「いえ。完全な外様である身を思えば、私は黒船のペルリ提督の立場かと。閉塞していた彼らの心をこじ開けるのは苦労しましたが、いまでは味方。アジア解放の戦士として、きっと存分に働いてくれましょう。

この島の人口は約三万。その気になれば、一万は動かせますよ。戦闘参入は無理だとしても、過酷な肉体労働には耐えられます」

本当だとすれば、ありがたい話であった。岡村の第一三設営隊は一二二一名、門前大佐の第一一設営隊は一三五〇名と、合計しても二五〇〇名強しかおらず、工事は遅れ気味だった。

ガダルカナル設営隊は、海軍陸戦隊の所属にしては珍しく部分的に機械化されていた。ロードローラーやミキサー車まで運び込まれていたが、数は少ない。結局のところ、工事は人海戦術に頼っていたのだ。

「つまり、滑走路建設における勤労奉仕の申し出なのだな」

稲原は頷いて続けた。

「左様です。ただし無償で、とはいきませんぞ。賃金として3Sをお願いします」

「3Sとはなんだ？」

「砂金、砂糖、塩。軍票など紙切れ同然ですぞ。彼らは一種の傭兵。代価さえ払えば値段以上の働きをしてくれます」

まさに喉から手が出るほど欲しい加勢である。断る手などなかった。

「わかった。ラバウルの第二五航空戦隊にかけ合おう。司令官の山田定義《やまださだよし》少将は話のわかる男だ。きっと連合艦隊に手を回してくれる」

岡村の言葉に稲原は、こう語るのだった。

「連合軍は米豪連絡線の遮断阻止に全力を注ぐでしょう。ガダルカナルの飛行場は勝敗の鍵となるはず。今月中に大型機が運用できる滑走路を整備しなければなりますまい」

若き酋長は立ち上がると一礼して続けた。

「今日はこれにて退散しますが、明日の午後には第一陣の三〇〇〇名を引き連れて戻ります」

「帰るのか。まだ情報交換を頼みたいのだが」

「あいにくと駄目なのです。日没までに戻ると、妻と約束したものですから」

稲原元《もと》少尉候補生は、数分後にはそそくさと密林の奥地へ消えていった。


「あの酋長、女房殿の尻に敷かれとりますなあ」

呆れた調子で矢部兵曹長は指摘したが、岡村は別の感想を抱くのだった。

「お前はまだわかっておらんな。あいつの足取りの軽さを見ろ。御内儀のもとに帰るのを心待ちにしているのだ。稲原元少尉候補生は、帝国海軍の諜報員たるべく、形だけの政略結婚に踏み切ったわけでもないらしい」

岡村は安堵していた。守るものがあり、愛するものがいる男が戦《いくさ》に挑めば、必然的に失敗や敗北の公算は薄くなるのだ。

経験上それを知る岡村には徐々に自信が芽生え始めた。敵襲は近いだろうが、この増援をもってすれば南洋の孤島を死守できるかもしれない。

そして心強い来援は、若酋長だけに終わらなかったのである……。

## 3　赤い軍事顧問

### ──一九四二年（昭和一七年）七月二八日

「同志《タワリシチ》トハチェフスキー、マユズミ艦長より上陸が指示されましたぞ。予定どおり艦内時計で午後一時より実施するとのことです」

政治士官《コミッサール》と通訳を兼ねたゲンリッヒ・リュシコフの声に、ソ連赤軍少将ミハエル・トハチェフスキーは船縁《ふなべり》から蒼白い顔をあげるのだった。

「もっと早くしてもらえないか。島に近づくにしたがって揺れが激しくなってきた。このぶんでは島に足をつけても船酔いでなにもできない」

しかし、リュシコフは涼しい顔だ。彼は日本との折衝でウラジオストックから舞鶴まで何度も海路を利用しており、多少は船に強い。

「陸軍国の軍人に船に慣れろと言うほうが無茶な話ですが、モスクワの目指す世界戦略に対応するためにも三半規管は鍛えておくべきかと」

リュシコフは一定の信頼をおける希有な政治士官であり、口にする言葉も理に適っているが、悲しいことに自分の体がついていかない。

喉を焼く苦い胃液に苦しみながら、トハチェフスキーは己《おのれ》の立場を恨むのだった。

かつて赤軍の至宝とまで評されたこの俺が、どうして南海の孤島に向かわねばならぬ？

自問する彼だが、すでに解答は理解していた。同志スターリンの不興を買ったからである……。

ソ連共産党の最高指導者であり、モスクワの王であり、人民の神たらんと欲するヨゼフ・スターリンは、組織の硬直化を阻止するという名目で、定期的に側近の入れ替えを行っていた。

そう言えば聞こえはいいが、実際は政敵の締め出しである。モスクワ所払いを受けるくらいであれば幸運なほうだ。多くの傑物たちがこの世から銃弾で実際に追放されていた。

猜疑心《さいぎしん》の塊となったスターリンにとって、トハチェフスキーは目の上の瘤《こぶ》であった。

ロシア貴族の家系に生まれ、先の世界大戦では八回も勲功章を授かり、ロシア内戦では二六歳という若さでカフカス方面軍司令官を勤めあげている。血筋だけでなく、勲功も抜群というわけだ。

トハチェフスキーの失点といえば、一二年前のソ連・ポーランド戦争における黒星のみである。西部方面軍を率いてワルシャワ占領を目指していた彼は、首都を目前に騎兵部隊の反撃を食らい、総撤退に追いやられた。


絶対に許されないのは、失策の責任を南西方面軍軍事委員であったスターリンに押しつけ、名指しで批判したことだ。

『第一騎兵軍の応援は決定事項であったが、讒言《ざんげん》でそれを邪魔した者がいる。同志スターリンだ。彼の存在こそ、ポーランド戦役における最大の敗因なのだ！』

面白くないことに、トハチェフスキーの指摘は真実だった。スターリンは自らの進言で、祖国が勝利から遠ざかったことを理解していた。

だからこそ、なおさら腹立たしかった。彼のようにめざとい男は一刻も早く排除しなければ、党の和を乱し、やがて独裁を呼ぶ。それは共産主義とはもっとも遠い神格化に直結する悪手だ。

国父レーニンの没後、全権を掌握したスターリンは、あらゆる機会を通じてトハチェフスキーの放逐を試みたが、すべて不首尾に終わった。

トハチェフスキーは元帥にまで昇進しており、陸軍で絶大な支持を集めていた。

特に戦車師団と空挺部隊の創設に尽力し、列強でもいちはやく機械化を成し遂げた功労者であった。冤罪《えんざい》で処罰したとなれば、軍全体を敵に回すことになる。

姑息な裏工作の末、党への非協力的態度を咎《とが》められたトハチェフスキーは、まずは少将へ格下げされ、続いて定番のシベリア送りとなった。

だが、命だけは繋がった。酷寒の地で木を数えつつ、髀肉《ひにく》をかこつことになったが、処遇としては悪くなかったと評せよう。

当時のモスクワには粛清の風は吹き荒れたが、大粛清という嵐にまでは至らなかったのだ。

これはひとえにスターリンという強烈な個性を持つ男の野望と欲望が、国内という舞台で完結していたからである。

国外からの干渉や隠謀も皆無だった。もし敵性国家、例えばドイツなどが横槍を入れていれば、有能な軍人が多数処罰され、赤軍の指導層は崩壊していたかもしれない……。

船縁で嘔吐《えず》きながらトハチェフスキーは落涙を堪えるのに必死であった。

（俺はいったいなにをしている。来年は五〇歳になるというのに、祖国のために戦うことさえ許されず、地球の裏側に島流しにされるとは……）

慚愧《ざんき》の表情を見抜いたのか、リュシコフが静かに語りかけた。

「我らのスターリン首相は優れた指導者ですが、人材活用の才覚には恵まれていないようです。少将閣下が〝彗星作戦《オブイェクト・カミエータ》〟の指揮を執っていれば、おそらくベルリンも奪えていたでしょう」

耳ざわりのよい台詞にもトハチェフスキーは渋面を崩さなかった。

「世辞のつもりだろうが、貴官は俺を過小評価している。ベルリンなど単なる中間目標だ。このミハエル・トハチェフスキーが彗星作戦の指揮官であったなら、ベルギーとオランダを突破し、パリを奪取し、ドーバーを越え、ロンドンにまで赤旗を翻していたよ」

リュシコフは苦笑いを浮かべると、

「同志スターリンはポーランド全土解放をもって彗星作戦は完全なる成功を収めたと宣言なさいましたが、あれは負け惜しみだったのですか。開戦理由として、迫害を受けているウクライナ人と白ロシア人の解放を掲げておられましたが」

「そんな戯言《たわごと》を信じる者は魔女の婆さんに呪われてしまえ。本来はポーランドのみならず、ヨーロッパ全域の解放が主眼だった。

初動作戦の指揮官となったコヴァリョフ大将とティモシェンコ上級大将は、調整能力以外に取り柄のない男たちだ。ワルシャワ占領まで四五日もかかるとは、なんという無能だろう」

「年末に始まったフィンランド戦役も、勝つには勝ちましたが、順調とはいきませんでしたな」

「仕方がない。ヴォロシーロフ元帥のような俗物に作戦指揮を任せたのだから。奴は気概こそあるが現代戦に関しては無知に近い。クレムリンに俺の居場所さえあればな」

トハチェフスキーは何度も夢想していた。俺ならポーランドを二週間で征服してみせたのにと。

（まず空挺作戦で敵の後背に橋頭堡を築き、敵陣を戦車部隊で強引に突破し、包囲戦は狙撃師団に任せる。これまでの戦い方を時代遅れの代物にする新戦略だ。世界初の電撃戦《モノニエノスナヤ》を実施する絶好の機会を、俺は永遠に逃してしまった……)

無念さを隠しきれないトハチェフスキー少将にリュシコフは語りかけた。

「居場所がないのは私も同じです。我らは置かれた場所で咲くしかない哀れな雑草ですな」

ゲンリッヒ・リュシコフもまた、悲運に見舞われた人生を送るロシア人であった。

黒海のオデッサに生まれ、現在四二歳。二十歳のときに非常委員会《チェーカ》に選出され、政治警察として党に貢献した彼は、やがてスターリンの目にとまった。信任を勝ち得た彼は、一九三七年には極東内務人民委員部《NKVD》長官にまで出世している。

しかしトハチェフスキーと同様、粛清の煽《あお》りと無縁ではいられなかった。

リュシコフは直属上司である国家保安総委員のニコライ・エジョフと不和であり、生贄に饗される恐怖心を常に抱いていた。

やがてスターリンがエジョフを見限るや、リュシコフは心臓病が悪化したと称し、ハバロフスクで入院生活に入った。

首都モスクワへの呼び出し命令を拒絶するためである。のこのこ顔を出せば、弁明する機会さえ与えられず処刑されよう。一時は日本への亡命も考えたらしいが、それよりも早くエジョフの死罪が決まったため、リュシコフは反逆者となる運命だけは回避できた。

それでもエジョフの讒言でシベリア幽閉の処分となったが、命を失うよりマシである。彼はその間に日本語を習得する決意を固めた。

近未来、戦うにせよ和するにせよ、日本との関係性は強まる。そうなれば日本語が堪能な政治警察の官僚は貴重な人材になる。よもや命を奪われることはあるまいと。

狡知《こうち》な読みは的中した。党から日本通と判断されたリュシコフは、東京とのパイプ役となり、それなりに存在感を示すことができた。

ただし彼にとって不幸だったのは、日本語習得に熱を入れすぎたあまり、本国帰還への道が閉ざされてしまったことだ。

モスクワにとってリュシコフは便利な捨て駒にすぎなかったのである。

「クレムリンに忠誠を尽くしたあげく、頂戴したのがガダルカナルという聞いたこともない島への切符とは、実に無念です。しかも仮想敵国のドイツで造られた軍艦で運搬されるとは、なんという皮肉。私は祖国を愛しましたが、祖国は私を愛してくれなかったようです」

リュシコフの独白にトハチェフスキーは、

「ならば自愛を決め込むしかあるまい。同じロシア人として、これだけは約束してやる。その切符が片道券にならぬよう全力を尽くすぞ。俺には二二名の部下を守る責任があるからな」

と言うや、視線を船首方向へと向けた。二人は艦尾に聳《そび》える巨大なクレーンの側に位置しており、そこからは運搬物が丸見えだった。

鎮座しているのは武骨な鉄塊だ。海水から守るため天幕で覆われているが、突き出た砲塔は隠しようがない。

誰がどう見ても戦車であった。数は八輛。

「日ソ二国間同盟が成立したとはいえ、赤軍でも採用されたばかりの新型をモスクワがよく提供したものですな」

無表情のままリュシコフがそう話したが、トハチェフスキーは首を横に振った。

「別に無償供与ではない。我らも〈比叡《ヒエイ》〉を頂戴しているのだからな。旧式の練習戦艦とはいえ、赤軍海軍にとっては貴重すぎる戦力だ。

そもそも実験戦車中隊を丸ごと供出したのは、スペイン内戦で味わった快感を忘れられないからだよ。戦場で実戦テストを行い、不具合を洗い出す算段だ。

熱帯雨林の島で活動実績を残せば、世界中どこでも使える兵器の証明となる。党はドイツの真似をして武器輸出で外貨《イボーニェッツ》を稼ぐ気なのだ」

「はてさて。日本人に使いこなせますかかね」

「彼らを甘く見てはいかんぞ。日露戦争とハルハ河の戦闘を想起せよ。ロシアは日本人を小柄な猿だと馬鹿にしていたが、多大な出血を強いられたではないか。

それに戦車兵は小さければ小さいほど都合がよいのだ。戦車実験中隊がどんな活躍をするか、楽しみではあるよ」

トハチェフスキーはそこで発言を打ち切った。フラットな飛行甲板の彼方に、防暑服を着た海軍大佐の姿を認めたからである。

「将軍！　こちらにおいででしたか！」

艦長の黛治夫《まゆずみはるお》大佐であった。しゃがれた日本語をリュシコフが通訳してくれた。

「間に合ってよかった。上陸前にどうしても感謝と激励の言葉をお伝えしたかったのです」

潮焼けした頬を紅潮させながら黛は続けた。

「航海中はなにかと不自由をおかけしましたな。貴国の技術将校がトラック島で降ろせとストライキを始めたときは困り果てましたが、よく解決に尽力してくださいました。航空護衛艦〈瑞竜《ずいりゅう》〉の艦長として御礼申し上げます」

「部下の不始末の尻拭いは責任者の仕事だ。過去を振り返れば、バルチック艦隊でも同様の事件が起こっていた。ロシア人は長期航海のたびにストライキに突入するというジンクスを破れず、本当に恥ずかしく思う」

自戒の言葉を謙遜と受け取ったのか、黛は強い調子で言った。

「私は〈瑞竜〉艦長として職責を果たしました。ガダルカナル島へソ連戦車一二輌を緊急配送するという任務は、これにて完了です」

「それは早計だな。新型中戦車T34はまだ甲板上にある。これをすべて陸揚げして、ようやく艦長の使命は終わるのだ。ところで自重二六・五トンもある我が新型戦車だが、このクレーンで大丈夫だろうか」

「心配無用。本艦が艦尾に増設した電動クレーンは飛行艇を搭載するための逸品で、三五トンもの加重に耐えられます。後続する〈秋津洲《あきつしま》〉に搭載したものと同一で、運用実績も充分です。

実際のところ、重タンクを高速輸送できる艦船は、帝国海軍でも〈瑞竜〉と〈秋津洲〉だけなのです」

トハチェフスキーは後方を見やった。そこには《MEKO》シリーズの〈瑞竜〉よりも、ひとまわり小振りな軍艦が追随している。

水上機母艦の〈秋津洲〉だ。さらに奥には駆逐艦〈秋風《あきかぜ》〉が警戒に従事していた。この日、ガダカナルに接近した日本艦隊は、この三隻だけである。黛は制空権を得ていると豪語していたが、不安は募った。これでは水面下からの脅威に対して無防備ではないか。

艦長を睨んでからトハチェフスキーは言った。

「本艦に載せた八輌と〈秋津洲〉の四輌を降ろすのには、どのくらい時間が必要か」

「事故防止のため、余裕を見て三時間を予定しております」

「その半分で終わらせよう。ここで敵襲を受けたならば、目もあてられない」

## 4　雷撃命令

——同日、午後二時一五分

「見つけたぞ。ジャップの艦隊だ」

潜望鏡《ペリスコープ》を覗き込んだまま短く言ったのは、潜水艦〈S44〉艦長のジョン・A・ムーア少佐だった。現在三二歳。海軍生活の大半を潜水艦乗り《スキッパー》として活躍してきたベテラン中のベテランだ。

「重巡、軽巡、駆逐艦が一隻ずつ。魚雷戦の目標としては絶好の相手だな」

水雷長のコネリー中尉が素早く報告する。

「すでに艦首発射管は四基とも準備を終えております。命令があればいつでも撃てますが、太平洋艦隊司令本部からの命令は……」

用心深く潜望鏡を収納したムーアは、

「機雷敷設と情報収集だったね。日本軍はツラギに物資を盛んに送っている。水上機基地も完成間近らしい。本艦に求められているのはシーラーク海峡における敵情把握だ」

艦長の言葉どおり、このとき〈S44〉はガダルカナル島とフロリダ島の間を潜航中であった。

のちに鉄底海峡《アイアンボトム・サウンド》と呼ばれることになる呪われし海域には、すでに戦場となる萌芽が見え隠れしている。

連合軍にとって目ざわりなのは対岸のツラギ島に築かれている水上機基地だ。

本格稼働はまだであったが、放置すれば潜水艦が動けなくなる。ガダルカナル島への反攻計画も迫るなか、機雷による封鎖作戦は最善かつ必然の戦術だった。

海峡侵入に成功した〈S44〉は完成後一七年が経過する旧型だ。S型第三グループに分類され、全長六八・七メートル、水上排水量九〇六トンと小振りである。

艦首に四基の魚雷発射管を装備しており、空気魚雷Mk14を一二本搭載できるが、今回の出撃では四本しか用意していない。これは魚雷発射管から発射できるM12型機雷を一六発搭載するための処置であった。

ムーアたちは不満であった。たしかにMk14型魚雷には不発も多く、欠陥兵器という悪評がつきまとっていたが、彼の〈S44〉は雷撃で戦果を残していたのだ。

今年の五月には貨物船〈松栄丸《しょうえいまる》〉を、六月には特設砲艦〈京城丸《けいじょうまる》〉を沈めている。実績で培われた自信がムーアの背中を押した。

「さっきだが、敵艦の艦尾に大型のクレーンが見えた。物資の荷揚げにかかる気だ。連中をここで沈めれば機雷敷設と同等の効果が得られる。距離四〇〇〇メートル。水雷長、やれるな!?」

力強くコネリー中尉が返答した。

「もちろんです。ジャップにひと泡吹かせてやりましょう。標的は重巡ですね」

「当たり前だ。大物を食うぞ」


（当たり前だ。のルビ：オフ・コース　大物を食うぞ のルビ：ゲッツ・ザ・ビッグワン）


再び潜望鏡を上げ、標的を見据えてからムーア艦長は続けた。

「ふむ。少し問題ありだな。敵艦だが記憶にないタイプだぞ。配布された識別表にもジェーン海軍年鑑にも載っていないと思う。

後甲板がフラットで砲塔がない。後続の小型艦もシルエットはどことなく似ている。そして、二隻とも艦尾に大型クレーンが見えるな」

後ろからコネリーが意見を投げてきた。

「つまり〈ゴトランド〉のようなフネですか」

それは一九三五年にスウェーデン海軍が完成させた航空巡洋艦だ。

基準排水量四六〇〇トンと軽量級ながら、艦尾を丸ごと飛行甲板にし、水上機を最大一一機も搭載可能としていた。同時に一五・二センチ連装砲と同単装砲を二基ずつ装備し、魚雷発射管も用意している。一種のアイディア軍艦だった。

「ジャップは〈ゴトランド〉に刺激を受け、重巡トネ型の設計時に参考にしたようです。ターゲットは〈トネ〉か〈チクマ〉でしょう。ツラギ基地に水上機を補充するのが目的では？」

さらに観察を続けたムーア艦長は、興奮した声で返事をしたのだった。

「コネリー水雷長、君の推測は間違っているぞ。トネ型に似てはいるが、煙突の形状が違う。日本海軍は傾斜煙突ばかり好むが、あれは直立型だ。図太いのが中央に一本だけ見える」

勘のいいコネリーは即座に解答に行き着いた。

「ヨーロッパの列強海軍、特にドイツが愛用する煙突ですな」

「ああ。どうやら本艦は《ＭＥＫＯ》に遭遇したようだ。これで座視する選択肢は消えた。以後は攻撃あるのみ」

「イエス・サー！　《ＭＥＫＯ》は大統領命令で優先攻撃目標に設定されていますからな」

二人の会話は乗組員三八名の士気を一気に向上させた。臨戦の空気が密閉された艦内に充填していく。〈Ｓ44〉は鉄塊の生命体となり、牙を剥き出しにしていく。

「魚雷発射管一番から四番まで順次注水」

「注水スタート。艦尾予備タンクもチェック」

いちいち命令せずともプロらしい的確な処置が次々になされていく。海水が艦首に流入し、驚くほどのノイズが発生した。

「雷速は二六ノットで固定。距離三五〇〇。大型艦を狙う。敵艦の速度は……」

そこでムーア艦長は発言を止めた。長年の潜水艦勤務で培った経験則からは、およそ考え難い現象を目の当たりにしたからである。

「奇妙だ。足並みを落としていると見たが、舳先《へさき》と艦尾には白波が立っている。思ったよりスピードが出ているのか」

できればもっと観察を続けたかったが、それはかなわぬ相談であった。駆逐艦が艦首をこちらへ向けるのが確認できたのだ。

ムーア艦長は潜望鏡を収納させながら命じた。

「敵速は一五ノットに設定しろ」

実際のところ、その値に自信はなかった。敵艦が荷揚げを考えているなら、もっと低速でもおかしくはないが、艦首の白波が不可解すぎた。

一五ノットは勘で導き出された折衷案であり、賭けであったが、ここはギャンブルに手を染めなければならない場面だろう。

そして、ジョン・A・ムーア少佐は賭けに敗れたのであった……。

## 5　米潜掃討

――同日、午後二時四五分

昭和一七年七月二八日の午後、ガダルカナルに接近した日本艦隊の正体は、第一一航空戦隊所属の第一特務隊であった。

数は三隻。先頭から駆逐艦〈秋風〉、航空護衛艦の〈瑞竜〉、そして飛行艇母艦の〈秋津洲〉である。

艦隊司令官の藤田類太郎《ふじたるいたろう》の少将旗が翻っているのは〈秋津洲〉だが、やはり目立つのは最新鋭の〈瑞竜〉である。ドイツからやってきた四隻目の《MEKO》だ。

ミッドウェーという敗北を経験した日本海軍は即戦力を欲し、ドイツをせっついた。一日も早く《MEKO》の四番艦と五番艦を寄こせと。

来日中のベルンハルト・ローゲの尽力もあり、すぐにブローム・ウント・フォス本社から反応があった。

実は、四番艦は九割がた完成している。五番艦と同時納品という契約を見直してくれるのであれば、前倒しで納品が可能だと。

日本海軍はその条件を飲み、四番艦〈瑞竜〉は六月二九日に内地に廻航された。

ドイツのヴィルヘルムスハーフェンを出港し、三週間で来日を果たしたわけだ。これはドーバー海峡とスエズの通過なしには成し得ない離れ技であった。運河を管理するイギリスは日本と交戦中であったが、それ以上に対独関係の悪化を懸念したのである。

ソ連という真の敵を迎え撃つには、ドイツという防波堤が不可欠だった。フリゲート一隻で英独間に疑念の釘を打ち込むにわけにはいかない。運河通過は苦渋の決断だった。

イギリスの立場にはドイツも配慮を示し、水面下で《MEKO》四番艦はまだ非武装であると通達したのだった。火器は日本到着後に搭載される予定だと。

軍艦は特注品《オーダーメイド》があたり前だが、MEKOシリーズは常識を覆す既製品《レディメイド》であった。その役割と強みが発揮された結果、ロンドンとベルリンはどうにか手打ちができたが、弊害も生じた。

イギリスは《MEKO》四番艦に関する事実をあえてアメリカに伝えなかったのだ。これにより米英間には修復し難い不和が生じたが、それは別の話になろう……。

ともあれ日本占領下のシンガポールを経由し、佐世保に到着した《MEKO》四番艦は〈瑞竜〉と命名され、武器の搭載が急ピッチで始まった。

当初より六〇口径三年式一五・五センチ三連装砲塔を前甲板に三基据えることは決定しており、準備も終わっていた。

主砲の配置は最上《もがみ》型重巡と一緒である。これに一二・七センチ連装高角砲が六基、二五ミリ連装機銃が四挺追加された。

増設の締めくくりは後甲板の航空装備だった。《MEKO》型四番艦は飛行艇さえも輸送可能な航空巡洋艦として計画されており、大型の起重機が必須だった。

選ばれたのは三五トン電気クレーンであった。

これは同時期に完成した水上機母艦〈秋津洲〉に採用されたものと同一だ。

艦尾をすべて飛行甲板とし、小型水上機ならば九機、二式大艇のような大型飛行艇は一機搭載できる。一七九メートルのスリムな船体にこれだけの機数を積み込めるのは、汎用性の高さを証明していよう。

初代艦長には黛治夫大佐が選ばれた。五月からシベリア鉄道経由でドイツに赴き、廻航責任者として〈瑞竜〉を日本まで導いた彼は、武器搭載を監督すると同時に、準同型艦の〈剣竜〉〈清竜〉〈紺竜〉から乗組員を抽出し、出撃準備を進めていたのである。

命令が下ったのは七月四日であった。欣喜雀躍《きんきじゃくやく》とした黛だったが、目的地を聞き、己の耳を疑うのだった。

寄港地はウラジオストック——そこでソ連から戦車を受領し、ラバウル軍港まで運搬せよというのだ。それも単艦ではなく、〈秋津洲〉も連れて行けと……。

二国間同盟締結後、日ソは接近の度合を強めていた。特に帝国海軍は交流を活発化させている。内外の反発を押し切り、練習戦艦のまま温存していた〈比叡〉を譲渡したのは昨年一一月三日のことだ。今回の実験戦車中隊の供与はその見返りであった。

興味深い事実がある。

ソ連は新型のT34を提供するにあたり、ある条件をつけてきた。運用は日本陸軍ではなく、日本海軍に限定するようにと。

ノモンハン事変という望ましくない武力衝突を

体験したクレムリンは、まだ日本陸軍への敵愾心《てきがいしん》を緩めてはいなかったのである。

互いを忌み嫌う帝国陸海軍は、それをめぐって紛糾したが、最終的には陸軍が折れるかたちで決着がついた。なにせ〈比叡〉という大駒を代価とするのは海軍なのだ。提供数が一二輌と少ないこともあり、今回は陸軍が涙を呑んだ。

帝国海軍は、喫緊の課題として陸戦隊の増強を掲げていた。上海事変における苦戦の記録、とりわけ非力な機甲戦力による被害は看過できず、戦車の導入が以前から検討されていたのだ。陸軍の九五式軽戦車を試験導入してはみたが、あまり満足できる性能ではなかった。

世界屈指の戦車大国であるソ連からの申し出はまさしく渡りに船だったのである。すでに五月末には操縦技術取得のため、将校数名をウラジオストックに派遣済みであった。

ただし問題もあった。提供されるT34中戦車は自重二七・八トンもあるのだ。

これを自力で積み込み、湾港設備のない前線へ荷揚げできる軍艦は、三五トンクレーンを擁する〈瑞竜〉と〈秋津洲〉だけ。白羽の矢が立てられたのも当然であった。

譲渡されたばかりの戦車中隊を即座に前線へと送ることには異論もあったが、陸軍が露骨に干渉する姿勢を示したため、彼らの手の届かない南方への派遣が決定したのだった。また、ソ連側が実戦テストの必要性を強調し、最前線配置を強く希望した結果でもある。

ミハエル・トハチェフスキー少将と新戦車実験中隊を積載し、ウラジオストックを出発したのは七月七日であった。

それから三週間の航海でガダルカナル島に到着したわけだが、ここが太平洋戦争最大の激戦地に化けると予想していた者など、ひとりもいなかっただろう……。

＊

「〈秋風〉より緊急報告。潜望鏡らしきもの見ゆ。これより攻撃を開始す！」

平穏をかき消す一報に〈瑞竜〉の航海艦橋は凍りついた。

「機関長！　増速！」

黛艦長は伝声管に怒鳴ったが、それが無茶な要求であることも頭の隅で理解していた。

現在、〈瑞竜〉と〈秋津洲〉はソ連戦車の揚陸作業のため、停船しつつあった。

速度は四ノット程度。この状態から急加速するには、デリケートすぎるディーゼル機関に負荷をかけなければならない。もしエンジンの機嫌を損ねれば、漂流という最悪の未来が待っている。

「約束の航空支援は、まだですか⁉」

航海長の阿部浩一《あべこういち》少佐がそう叫んだが、黛は解答を提供できなかった。予定では、揚陸は完全な制空権のもとに行われる手筈だったが、まだ友軍機の姿は見えない。

黛は、ほぞを噛む思いだった。ラバウルでの事前打ち合わせで、彼は強硬に主張していたのだ。接岸を夕刻とし、揚陸は日没後に実施すべしと。

夜陰に紛れてのクレーン作業は困難を極めよう。この海域に敵潜出没の情報はないし、昼間ならば航空支援が可能だ。宣撫を終えた現地民の尽力により、仮設の桟橋も完成している。日中の揚陸も難儀はあるまい。

そんな甘言にまんまと乗せられた黛は、甘すぎる己の判断を悔いるのだった。

頼みの綱は、碧海を切り裂いて進む駆逐艦〈秋風〉のみ。

峯風《みねかぜ》型の一隻だが、完成後二一年が経過しており、老朽化が目立った。機関が不安定で、最大でも三一ノットしか発揮できないという。

単装四門の一二センチ砲を連射しつつ、潜望鏡を確認した海域へと突進していく〈秋風〉だが、戦果確保の前に被害の予兆がやってきた。

「雷跡四！　一一時方向！　近い！」

見張りの絶叫に黛は視線を投げた。艦首左舷の海面に白い航跡がうっすらと見えた。総身が震える光景だ。

しかしながら、経験で養われた冷静な観察眼により、黛は数秒で冷静さを取り戻した。

「心配いらんぞ。こいつらは当たらん！」

艦長の発言は、すぐさま現実と化した。敵魚雷は四本とも艦首の遙か先を無意味に通過し、ガダルカナル島の砂浜へ乗り上げたのだ。

阿部航海長が冷や汗を拭いながら、

「下手なドン亀乗りで助かりましたな」

と言ったが、黛は妙に得意げだ。

「違うぞ。厚化粧が効いたんだよ。本艦と〈秋津洲〉の艦首に白波の迷彩塗装を施しておいたが、敵潜はあれを真に受け、こっちの速度を読み違えたんだ」

吉報は続いた。数秒後、頭上低空を濃緑の機体が三機、翼を連ねて飛翔していったのだ。

「友軍の九七艦攻です。ルンガ飛行場を発進した機体でしょう」

「ようやく来たか。さっさと退治してくれ！」

第一特務隊三隻の総員が声援を送るなか、ガダルカナル島に新設されたばかりの滑走路を蹴って飛翔した九七式艦上攻撃機は、高度五〇メートルを維持したまま〈秋風〉の前方へ急行した。

この海峡の透明度は呆れるほどに高い。潜望鏡深度に沈む敵潜を上空から視認できるほどだ。

対潜任務を帯びた九七艦攻は、四発ずつ積んでいた九九式六〇キロ対潜爆弾を投下した。一二本の水柱が断続的に立ち昇る。

そのうちの一本は明らかに色味が違った。重油で汚された茶褐色の海水の束だ。

「命中弾があったな。敵潜は破れかぶれで浮上してくるかもしれん。主砲、発射準備！」

後の先を取ることに成功した黛艦長の指示は、最高の結果を呼んだ。

米潜は銛《もり》を打たれた鯨のように浮き上がると、傷ついた船体を白日の下に曝《さら》したのだ。

「まだ動いているぞ。トドメを刺せ！」

艦首に三基設置された九門の一五・五センチ砲が火弾を放った。

これに〈秋津洲〉も続く。二基の一二・七センチ連装高角砲が斉射を始めた。

距離は約四五〇〇メートル。外れる気遣いなどなかった。空襲で艦尾に浸水し、半死半生で浮上した〈S44〉は滅多打ちに遭い、一分と経過しないうちにスクラップに落ちぶれたのだった。

「全艦、撃ち方やめ。〈秋風〉に生存者の救助を命じてくれ。捕虜からなにか情報を聞き出せるかもしれないからな」

ここに第一次ルンガ沖海戦は終焉を迎えたが、アメリカが敗北を認識するまでには数日の時間を要した。

連絡を断った〈S44〉は八月三日付けで全損と判断されたが、行方不明となった海域の特定までには至らなかった。

太平洋艦隊司令本部にとって不幸だったのは、〈S44〉の喪失により、ガダルカナル島の状勢が皆目わからなくなってしまったことだ。

特にルンガ飛行場が完成し、機体の配備もすでに始まっている事実が伝わっていたならば、この後の惨劇は回避できたはずである。

合衆国最大の敗北と呼ばれる望楼作戦《オペレーションウォッチタワー》の失敗の芽は、ここに生じていたのだ……。

# 第2章
# ガダルカナル強襲

## 1　大船団
――一九四二年（昭和一七年）八月七日

夜半の海原を邁進する大船団の姿があった。

戦艦や空母といった戦闘艦に徴発した民間船を加え、総計は一〇五隻。

夜光虫を蹴散らしながら、一二ノットで戦場へひた走る鋼鉄の野獣たちをひと目見れば、なみなみならぬ合衆国の戦意が理解できよう。

アメリカは本気だった。対日包囲網を堅守するには米豪連絡線の死守が絶対条件だ。そのためにこそガダルカナル島を奪取しなければならない。

確実に、そして一日も早く！

対日反攻計画――望楼作戦《オペレーションウォッチタワー》はその悲願を達成せんと、ゴーサインが下されたのだった。

（趣旨は理解できる。駒も頭数は揃った。米英豪の連合軍艦隊は、ソロモン海を圧倒する勢いだ。だが、戦争は物量だけでは勝てない。

質がともなわない烏合《うごう》の衆は、常に精鋭部隊に蹴散らされてきたではないか。少なくとも我が海兵隊《マリーン》は準備不足の感が否めない……）

兵員輸送艦〈マッコレー〉に陣取るアレクサンダー・バンデクリフト海兵少将は、胸中に渦巻く懸念を隠しとおすのに難儀していた。リーダーの態度は部下たちに伝染する。ここは強気の姿勢を崩してはならない場面だ。

第一海兵師団長の彼は、兵士たちの間に蔓延する不安を把握していたのである。

無理もない話だ。部下の大半は二十歳前後の青年ばかりであり、実戦経験などない。訓練も不充分のまま、いちばん難しい敵前上陸という作戦に投入されようとしているのだから。

当初、バンデクリフトは作戦に反対していた。海兵師団は一九四三年の春にならなければ、戦力単位として機能しない。演習にもっと時間をかけなければ、死体袋がいくらあっても足りなくなると。

しかしながら、戦況がそんな贅沢を許してくれなかった。六月初旬に、四週間で準備を整えよと厳命されたバンデクリフトは、ニュージーランド到着と同時に練兵に着手したものの、満足できる仕上がりにはほど遠かった。

太平洋艦隊はミッドウェーという勝利をつかんでいたが、海兵隊は成功体験が乏しく、ミステリアスな日本軍に恐怖心を抱く者も多い。いかにしたら戦意を維持できるだろうか?

「少将、お邪魔しますぞ」

船室に姿を見せたのは艦長のチャーリー・マクフェザース大佐だった。考えあぐねているバンデクリフトはノックの音に気づかなかったのだ。

「DディHアワーまで、あと一二〇分です。現在のところスケジュールどおり進捗していますが、海兵隊《マリーン》のほうも万事滞りなく願います」

バンデクリフトは私物の角形防水腕時計に目を落とした。一〇年前にオメガ社から〝マリーン〟という商品名で発売されたそれは、午前三時を指している。

「第一海兵師団は上陸作業の訓練を重ねてきた。ヒギンズ艇が順調に稼働してくれれば、一二時間で荷揚げは終わるだろう」

ヒギンズ艇とは、自重八・五トンの木造上陸艇《LCP》のことである。各兵員輸送艦はダビットにそれを吊るせるだけ吊るしていた。

海兵隊員は舷側の網梯子からヒギンズ艇に乗り移り、一路海岸線を目指すのだ。

「半日で終わりますかなあ。ヒギンズ艇には上陸地点と本艦を何度も往復してもらわなければなりませんが、故障せずに稼働するとは思えません。ともかく健闘を祈ります。

揚陸が終わると同時に戦況の如何《いかん》にかかわらず、ヌーメアまで引き上げよとの命令を、本艦は頂戴しておりますので」

「ゴームレーからか」

「イエス。本職と本艦は南太平洋地域軍司令官のロバート・L・ゴームレー中将の指揮下に置かれています。

海兵隊の要望は拝聴しますが、指図は受けませんので、あらかじめご了承を」

実に面白くない言い分だった。海軍と海兵隊の間に溝があることを再確認させられたバンデクリフトは、皮肉めいた声で告げるのだった。

「ゴームレー提督は安全なニューカレドニアから動こうとしないな。補給艦〈アルゴンヌ〉に座乗しておられるが、乗り心地は悪いようだ。〈マッコレー〉に戻れと命じたのは、快適な新しい旗艦が欲しくなったからではないか」

図星を突かれたらしく、マクフェザース艦長は薄笑いを浮かべた。

「AP‐10〈マッコレー〉は豪華客船〈サンタ・バーバラ〉を改造したものであり、居心地は抜群ですからな。指揮官が前線に立つような時代ではありませんが、圧倒的な存在感で後方に居座られるのも、ぞっとしませんな」

　貴様もそれに与《くみ》する一派だろうに。その台詞をギリギリのところで飲み込んだバンデクリフト少将は、こう返すのだった。

「本艦にはターナー提督も乗っている。揚陸作業が完全に終了するまで、つまり最後の一つの荷物ケースが陸に揚がるまでは、絶対にガダルカナルから離れないよう念を押しておこう」

　ターナーとは、水陸両用部隊指揮官のリッチモンド・ターナー少将のことだ。彼は上陸作戦全般の監督を任されている。簡単に撤収を命じたりはしないだろう。


　さらに心強かったのは、第六一任務部隊司令官に選出されたレイモンド・スプルーアンス少将が、上陸完了まで空母部隊がガードすると強く約束してくれたことだ。

　これは人事面の勝利である。バンデクリフトはそう考えていた。本来はフランク・J・フレッチャー少将がそのポストに就く予定だったが、ルーズベルト大統領の意向でスプルーアンスに変更されたらしい。

　フレッチャーは過去に二度、日本艦隊と渡り合った経験を持つが、珊瑚海では〈レキシントン〉を失い、ミッドウェー海戦では〈ヨークタウン〉を撃沈されていた。

　二隻の空母を喪失した男に合衆国艦隊司令長官《COMINCH》のキング大将は、リベンジのチャンスを与えようとはしなかった。結果として、海兵隊に協力的なスプルーアンス少将が空母部隊の指揮を執ることになったわけだ。

暗い表情でマクフェザースは話した。

「ターナー少将は今回の望楼作戦に関し、悲観的な意見をお持ちの様子でした。ジャップが邪魔をせず、寝坊してくれることを祈りますが、連中は何人くらいで待ち構えているのですか」

「五〇〇〇名前後と見込んでいる。重火器の存在は不明だ。滑走路も一部完成しているらしい。とにかく情報がないのが痛いな。

イギリスもオーストラリアもニュージーランドも、ガダルカナル島には興味が薄かったようで、満足な地図もなければ現地人の協力者も確保できておらん。我らは一万九〇〇〇名超と四倍近いが、一割はツラギ攻略に分派しなければならない」

「それでも戦力比は三倍以上じゃありませんか。しかも第一海兵師団は閣下が鍛えた精鋭無比の部隊です。ヘビー級ボクサーに殴られれば、フライ級以下のジャップなど、いちころでしょう」

マクフェザース艦長の言い分は間違っていないが、海兵隊というボクサーがガダルカナル島という戦場《リング》にあがることができれば、という前提条件がつく。

また海兵隊がヘビー級というのは、内情を知るバンデクリフトには買いかぶりに思えた。それに日本兵がフライ級かどうかなど、誰にもわかりはしない……。

その数秒後であった。

バンデクリフトは確かに聞いた。天雷とも海嘯《かいしょう》ともつかない重低音のノイズを。

マクフェザースもただごとではないと悟ったらしく、艦内電話に飛びついた。

「ブリッジに繋いでくれ。こちらは艦長である。いったいなにごとだ!?」

顔面蒼白になりつつも、マクフェザースは口から泡を飛ばすのだった。

「空爆？　寝ぼけるな！　機雷の間違いだろう。この暗闇で日本機など来るはずがない！」

失望とともにバンデクリフト少将は認識するのだった。太平洋艦隊はパールハーバーの悪夢からなにも学んでいないようだと。

受話器を叩きつけたマクフェザースは、こちらを無視してドアから退出した。バンデクリフトも情報と安全を求めて背中を追う。

上甲板まで登ってきた二人は、少し離れた海面にオレンジ色の塊を目撃し、絶句するのだった。

「やられたぞ！　貨物船〈フォーマルフォート〉が沈む！」

誰かの叫びに、バンデクリフトは薄くなった頭髪をかきむしりたい衝動にかられた。〈フォーマルフォート〉には兵士輸送にかかせないトラックをたくさん積み込んでいたのに。

散発的に聞こえる対空砲火の響きを聞きながら艦長が怒鳴った。

「本当に空襲なら、ジャップは夜間雷撃隊を繰り出してきたことになるが、いったいどこから飛んで来たんだ」

その疑念にバンデクリフトは南を指さした。

「あそこだ。ガダルカナル島だ。日本軍はすでに飛行場を完成し、運用しているのだ。我々は罠に嵌《は》められたらしいぞ」

## 2　夜の筒音

――同日、午前四時二分

奇襲で太平洋戦争の幕を切って落とした日本海軍は、同じ戦法が我が身に適用される危惧を常に抱いていた。

不意打ちを避けるためには一刻も早い敵発見が肝心である。

一般に索敵を軽視するという世評が強い日本海軍だが、それは結果論にすぎない。

戦艦や重巡には水上偵察機を必ず搭載していただけでなく、〈利根〉〈筑摩〉といった航空巡洋艦まで完成させていたのは、監視と索敵を重視していた証左のひとつであろう。

ただし、細分化に執着しすぎたのは失策であった。戦闘機、爆撃機、攻撃機、水上偵察機はそれぞれの任務に没頭するあまり、飛行機が持ち合わせているはずの柔軟性を失ってしまった。アメリカ海軍が索敵爆撃隊を編成し、艦爆や艦攻を敵艦隊捜索に投入していたのとは対照的であった。

もっとも、すべてが不足する最前線では事情が多少異なる。ここガダルカナル島では形式や面子など度外視し、あるものはなんでも使えという姿勢が貫かれていた。

索敵においても例外ではない。同島に展開中であった日本海軍陸戦隊は、現地民の協力のもと、敵艦隊発見に成功していたのである。

接近する大船団を最初に確認したのはジャコブ・ブーザという現地民の沿岸監視員であった。

酋長的な役割を果たす稲原実に雇われた男のひとりである。半日前、ブーザはガダルカナル島南西部の海岸に居座り、裸眼で四・〇以上の視力を活用し、艦影を見つけ出したのだ。

大型客船一五、貨物船四、それに駆逐艦を手直しした高速輸送艦四隻で構成されたガダルカナル突入船団には、空母三、戦艦一を主力とする第六一任務部隊が護衛についていた。

これだけの艦隊が、一切の痕跡を残さずに機動するなど、どだい無理な話である。

もちろん灯火管制は敷かれていたが、南海特有の大量発生した夜光虫の輝きが、アメリカの努力を水泡に帰してしまったのだ……。

ガダルカナルを目指す大船団に夜襲をしかけたのは、新編成されたばかりの第二航空隊であった。

参加戦力は九七式艦上攻撃機が一四機である。

真珠湾攻撃を皮切りに、勝利を呼び寄せる原動力となってくれた主力機だ。

一九四二年当時においては世界的にも第一級の雷撃機だが、その九七艦攻をもってしても夜間雷撃は楽な戦法ではない。

吊光弾で敵艦隊を照らしだし、そのシルエットへ魚雷を叩きつけるのだ。照明隊と攻撃隊の二手に分かれる必要があり、搭乗員には最高レベルのテクニックが求められる。

そして、この夜に戦果を稼いだ艦攻隊は、文句なしに世界トップクラスの技量と経験を併せ持つベテラン揃いだった。

第二航空隊は〈飛龍〉が連れ帰ったパイロットたちが軸となっていたのである。

やはり、あの中型空母の帰還が持つ意味合いは大きかった。撃沈された〈赤城〉〈加賀〉〈蒼龍〉の搭乗員も多数収容しており、彼らを無事に内地まで連れ戻した功績は賞賛されるべきであろう。

とはいえ、第二航空隊がガダルカナルへと派遣されたのは、別に連合艦隊司令部がここを重要視していたからではない。

実際は、なんと口封じが目的であった。

大本営はミッドウェーの敗戦を隠蔽するため、生還者に箝口令《かんこうれい》を強要するだけでは飽き足らず、南溟《なんめい》へと島流しにしたわけである。

結果的にではあるが、ガダルカナル島には日本空母飛行隊の精鋭が揃う恰好となった。

稼働機は四七機だ。零式艦上戦闘機が一六機、九九式艦上爆撃機が一五機、そして九七式艦上攻撃機が一六機。

のちに〝ガ島の四十七士〟と呼ばれることになる第二航空隊の初陣こそ、今回の夜襲だった。

攻撃隊長は、もと〈飛龍〉艦攻分隊長の橋本敏男《はしもととしお》少佐であった。

真珠湾では水平爆撃隊を率い、ミッドウェーでも〈ヨークタウン〉雷撃戦に参加している。そのつど、生還を果たした実力派の艦攻乗りだ。

吊光弾搭載機三、航空魚雷装備機三で強行した第一波攻撃で橋本隊は早くも戦果をあげた。

輸送艦〈フォーマルフォート〉の右舷に魚雷を命中させ、爆沈に追いやったのだ。

排水量六七五〇トンのこのフネはトラックとガソリンが満載状態だった。可燃物は燃えるだけ燃え、夜の海を狩猟場に変えた。

闇夜の提灯となった〈フォーマルフォート〉の横を進む輸送艦〈アメリカン・リージョン〉が、次なる標的となった。

第二波攻撃は残る一〇機の九七艦攻で実施され、命中魚雷二本を得た。〈アメリカン・リージョン〉

には主に戦闘糧食が搭載されていたが、そのすべてが海没した。

反復攻撃を警戒した水陸両用部隊指揮官リッチモンド・ターナー少将は、全艦に対空迎撃を命令した。探照燈《サーチライト》で全周を照らし、脅威対象の発見に従事するようにと。

己の位置を宣伝するに等しい指示には反対意見もあったが、ターナーは強弁した。

「敵軍はすでに我らの接近をキャッチしている。もはや奇襲効果は期待できない。強襲を実施するためにも、まず被害を最小限に食い止めよ」

怒りを込めた対空砲火が闇夜に放たれた。特に雷撃を警戒したため、射線の大半は水平線へと向けられた。

幸いにも味方撃ちの危険だけはない。艦隊には〈サラトガ〉〈エンタープライズ〉〈ワスプ〉の三空母が随伴していたが、まだ実用的な夜間戦闘機は搭載していなかったのである。

そして、第六一任務部隊の旗艦〝レディ・サラ〟こと〈サラトガ〉のブリッジでは、別口の反撃方法が模索されていたのだった……。

「ラムゼー艦長、貴官は日本海軍の雷撃機が再来すると考えるかね」

堅苦しい口調で問いかけたのは、レイモンド・スプルーアンス少将その人であった。

CV－3〈サラトガ〉を預かるデウィット・C・ラムゼー大佐は、変人と称してもあまり失礼にあたらぬ上官に対し、慎重に回答した。

「ノー・サー。船団が魚雷で襲撃される公算は、とても小さいと考えます。我々は上空からの水平爆撃に留意すべきです」

「その根拠は？」

「敵編隊はガダルカナル島を出撃してきたと思われます。魚雷は高価ですし、付属品を含めると一本あたり一トン弱の重量物。絶海の孤島に何十本も揃えられるものではありません」

「どうしてガダルカナルが発進基地だと断定できるのだね？　日本空母の活動範囲は広い。連中が出撃させた艦載機では？」

「それだと寡兵すぎます。真珠湾、珊瑚海、そしてミッドウェーの前例から考えて、連中は堂々たる大編隊を好みますから」

「夜間雷撃専門チームは少数精鋭なのでは？」

「遠方から飛来したなら、対空監視中の駆逐艦が見落とすはずがありません。また手際のよさから判断し、敵のパイロットはこの海峡を熟知しています。かなりの高確率でガダルカナル島を根城とする、練度の高い部隊と考えてよいかと」

しつこさを信条とするスプルーアンスも、どうやら納得してくれたらしい。少将は何度か頷いてから、こう話すのだった。

「艦長の意見は、実に理路整然としていて信じるに足りるものだ。ガダルカナル島に魚雷の蓄えがあまりないとすれば、敵は高高度からの水平爆撃に転じると推測できる」

「魚雷は貴重品ですが、爆弾は消耗品です。安価で運搬もしやすく、ジャップも数を揃えているでしょう。日本機は短いインターバルで反復攻撃を仕掛けてくると思われます」

「真珠湾では戦艦が水平爆撃にやられたと聞く。航空戦のプロとして、なにか対策は？」

スプルーアンスは自らを空母戦の素人だと自称していた。ミッドウェー海戦では勝利の立役者となり、太平洋艦隊司令長官のニミッツ大将は参謀長のポストを約束したが、スプルーアンスはそれを固辞している。

自分はハルゼー提督のピンチヒッターを務めたにすぎず、勝利を呼び寄せたのは優秀な参謀たちの意見を聞き入れた結果である。また、日本空母を一隻取り逃したのは本職の失策。可能なら戦場に戻り、やり残した任務を完遂したいと。

そうした謙虚な姿勢に心服する部下も多かったが、ラムゼーの存意は違った。スプルーアンスより二歳年下ながら、海軍航空局で繰り広げられていた派閥闘争を観察していた彼は、人物観察眼に長《た》けていた。

ラムゼー艦長はこの冷徹な提督の内面に、自己顕示欲にも似た野心を感じ取っていたのである。

数秒考えてからラムゼーは答えた。

「航空戦のプロとして申し上げますが、魔法のような対策など存在しません。こうした際に備えて夜間戦闘機、それも艦載機タイプの開発を進言していたのですが、上層部に無視されたのはかえすがえすも残念です」

「貴官が海軍航空局局長のポストに就けば、その願いも叶うだろうが、現状における対応は？」

「艦隊を散開させて水平爆撃の命中率を下げたいところですが、上陸作戦が迫るなか、それも難しいでしょう。ここは雷撃機だけでなく、頭上の敵機にも備えよとの司令長官命令を全艦に……」

「それもやる。そして砲撃のプロとして魔法のような対策を講じてみせる」

スプルーアンスはそう言うと、通信参謀にこう命じたのだった。

「すぐ〝ショーボート〟のフォート艦長に命令し

たまえ。その腕っぷしでガダルカナルの飛行場を存分に叩きのめすようにと」

＊

BB‐55こと〈ノース・カロライナ〉の三代目艦長ジョージ・H・フォート大佐は、スプルーアンス少将からの命令を受信した直後、全身の血が滾《たぎ》るのを実感した。

ようやく主砲を撃てる瞬間が到来したぞと。

残念なのは標的が日本戦艦でなく、敵飛行場であることだが、贅沢は言っていられない。

もともとの任務もツラギ島水上機基地の破壊と同島への上陸支援であった。ターゲットが少々変わるだけだ。存在感を全米にアピールできるチャンスを逃すのは愚者の選択であろう。

時代の趨勢《すうせい》が飛行機に移行した事実は大砲屋のフォートにも理解できていた。開戦という悪夢がそれを教えてくれたし、〈ノース・カロライナ〉の先輩たちは、まだその多くがパールハーバーで骸《むくろ》をさらしている。

「総員に伝達。騙し討ちで討ち取られた姉たち《シスターズ》の復讐を成し遂げる好機だ。納税者に戦艦《バトルワゴン》の存在意義を再教育しようではないか」

乗組員一八八〇名の戦意は天を貫かんばかりに向上した。基準排水量三万五〇〇〇トンの鉄塊は全身を小刻みに痙攣《けいれん》させつつ回頭し、艦首をガダルカナル島へと向けた。

海峡の北西に位置するサヴォ島を迂回しつつ、〈ノース・カロライナ〉は南下を継続する。

「A、B、C砲塔、発射準備急げ。弾種徹甲！」

一九四二年夏の段階で、アメリカ戦艦は徹甲弾しか搭載していない。対地砲撃に効果的な榴弾はまだ開発中であり、実戦配備は来年までずれ込む見通しだった。

つまり、現時点で主砲弾イコール徹甲弾なのだが、謹厳実直なフォートは部下に子細な点まで指示するのを怠らなかった。上官が責任をもって的確な指示を与えてこそ、初めて部下の潜在能力を引き出せるのだから。

「見張りは警戒を厳重にせよ。〈サラトガ〉を発進した機体が標的上空に照明弾を落としてくれるらしい。砲術長、視認しだい攻撃に移れ。現在の速力は?」

「二五ノットです」

「五分以内に二八ノットまであげろ!」

最大戦速発揮を命じたフォート艦長であったが、これは一秒でも早く戦場に乗り込むための措置であった。彼は横槍が入ることを危惧していたのだ。

すでに指揮系統はカオスな状態になっていた。

砲撃命令は第六一任務部隊司令官のスプルーアンス少将から下されたが、出撃後の艦隊は水陸両用作戦部隊指揮官のターナー少将の独立指揮下に置かれている。

さらにややこしいことに、護衛の砲戦部隊はオーストラリア海軍のビクター・クラッチレー少将が仕切る手筈になっており、誰が命令を出してくるかわからない。ここはさっさと攻撃に移り、既成事実を作ったほうが得策である。

そう判断した結果としての増速だが、不安材料も依然として残っていた。

この〈ノース・カロライナ〉は二二二・三メートルという全長に対し、全幅は三三メートルしかない。パナマ運河を通過するための制約だ。スリムすぎるボディのため安定性は芳しくない。

竣工は昨年四月であったが、当初から異常振動に悩まされ、改善に大わらわであった。演芸船《ショーボート》という嫌な渾名を頂戴したのもこの頃である。

太平洋に廻航されたのは今年の六月だ。訓練に時間を割けたため、乗員の練度が高いのは好材料であったし、方位盤の誤差を食い止めるMk14安定機構が設置されたのも心強いが、実戦で結果を出せるかは、やってみないとわからない。

そして四分後――ほの暗い島影の上空に黄白色の輝きが灯った。

「あれだ！　吊光弾だ！　相対距離は？」

「一万九〇〇〇。いつだって撃てます！」

「攻撃開始！　情け無用！　ファイア！」

主人の鞭《むち》に反応した駿馬のように〈ノース・カロライナ〉は雄叫びをあげた。

三連装三基九門の主砲が一斉に砲弾を撃ち上げ、爆炎は艦の姿を浮かび上がらせた。

フォート艦長とブリッジメンバーが固唾《かたず》を呑んで見守るなか、陸地に爆炎が確認できた。

「着弾！　火柱九本！」

報告に部下たちは快哉《かいさい》を叫んだが、フォートはそれを戒めるのだった。

「相手は陸地だぞ。当たらないほうがおかしい。問題は飛行場を潰せるかどうかだ。全砲塔、次発装填を急げ。観測機との連絡も密にせよ」

艦長は長期戦を覚悟していた。どのみち闇夜の鉄砲である。島の上空に張りついている〈サラトガ〉機から弾着修正の連絡はあるだろうが、命中精度の向上に寄与できるかは不透明だ。

ここは手数で押すしかない。

四五口径の一六インチ（四〇センチ）砲Mk6の射撃速度は三〇秒ごとに一発だが、装填角五度の固定装填方式を採用しており、砲術員の腕しだいでは二〇秒に一発まで短縮できる。

打てる手はすべて打ったフォートだが、贅沢な悩みが脳内で生じるのを禁じ得なかった。

もともと〈ノース・カロライナ〉は四連装の五〇口径一四インチ（三六センチ）砲を砲塔三基に詰め込み、計一二門の主砲を保有する戦艦として誕生する予定であった。

ところが、日本が第二次ロンドン海軍条約の締結に反対し、結果として主砲口径が無制限となったため、急遽《きゅうきょ》一六インチ三連装砲塔への換装が決定したのだった。

（一発あたりの破壊力は増したが、手数は一二門から九門に減ってしまった。これが致命傷とならなければよいのだが……）

フォート艦長は内なる不安をはね返すため、大声で命じるのだった。

「両用砲も砲撃に参加させるぞ。航海長、もっと海岸線に近寄るんだ！」

## 3 渚にて

――同日、午前四時二〇分

大口径と思しき敵弾は滑走路の突端へ落下し、派手な砂煙と爆炎を引き起こした。

いきなり現出した戦場の空気に辟易《へきえき》しながらも岡村徳長中佐は大声を張り上げるのだった。

「ヤンキーどもめ、栄耀栄華な戦をしおってからに！」

破壊こそが戦争の本質である。武人である岡村もそれは承知していたが、諸行無常を感じずにはいられない。苦労に苦労を重ね、ようやく機能を開始していた滑走路が、またしても荒れ地に戻ろうとしているのだから。

ルンガ飛行場と名づけられたそれは、一一〇〇メートル級の第一滑走路が完成しており、運用も開始されていた。恒久基地化に備え、戦闘機用に九〇〇メートル級の第二滑走路も建設中であり、こちらは進捗率三五パーセントの状況であった。

「隊長！　敵に狙われとるのは、やっぱ第二滑走路でっせ！」

仮設塹壕に駆け込んできた矢部幸浩兵曹長が、大声で報告した。

「穴がなんぼか空いとりますけど、火事は大したことあらしまへんわ。おおかた徹甲弾ですやろ。もしも榴弾だったら、飛行機はみんな燃えてしまいよりましたわ」

直後、発動機のやかましい騒音が響き、頭上を友軍と思しき機体が通過していった。

「ほれ、お聞きのとおりですわい。第一滑走路におった零戦でしょうが、夜間仕様機じゃあらへんのに、夜中に出撃して戦果、あがるんかいな」

「あれは出撃ではない。空中退避だ。第二航空隊の飛行隊長は橋本少佐だったな。彼は目端《めはし》が利く男だ。地上にいたのでは撃破は時間の問題と考え、空に逃げたのだ」

「掩体壕をぎょうさん造っておりゃあ、えかったですかなあ。土着民たちを桟橋造りにまわしたんはアカンかったのとちゃいますか」

矢部の意見には頷くしかないが、岡村中佐はそれでも不平を口にするのだった。

「あちらを立てればこちらが立たずだな。桟橋のおかげで戦車の揚陸もできたが、掩体壕はたったの三機ぶんしかない。

この島の連中はなかなか打算的だ。砂糖の配給がなくなると、さっさと帰ってしまった。若酋長よ、ここは君がもっと頑張るべきではないのか」

横で身を縮めていた稲原実が素早く言った。

「申し上げたはずです。連中を動かすには砂金と塩と砂糖の３Ｓが必要だと。配給が続く限りは、彼らは日本人や朝鮮からの使役人よりはるかに勤勉であった。違いますか？」

違わなかった。一つの仮設桟橋、二本の滑走路、三基の掩体壕だけにとどまらず、搭乗員専用の大型休憩所までもが形になったのは、現地民の協力があったればこそだ。

それは認めつつも、岡村中佐は言った。

「それにしても身を隠すのが早すぎる。君が教えたのではないかね。ここがすぐ戦場になると」

半袖半ズボンの防暑服に身を包んでいる稲原は、露骨なまでに苦笑してから続けた。

「教えたのは、沿岸監視員のブーザでしょうな。私が制止する暇はありませんでした。彼らは生き残ることこそ勝利だと考えています」

「好待遇をちらつかせても戦闘行動には絶対参加しないと、拒絶されたものな。勝ち馬に乗るのがうまい日和見《ひよりみ》主義というわけか。いまは日本軍に与《くみ》しているが、こちらが戦況不利と見るや、連合軍に寝返るかもしれんのだな」

「そのとおり。現地民を味方に引きとどめておくには勝利を重ね続けることが大切です」

ままならぬ現実と奥歯とを噛みしめつつ、岡村中佐はつぶやくのだった。

「勝利こそが味方を繋ぎ止める接着剤か。現地人だけではないな。あのロシア人たちも、こちらが不利と悟るや、どう動くかわからん。平気でアメリカに寝返るかもしれんぞ」

＊

「クソッタレ《ブリャーチ》のアメリカ人《アメリカーニェツ》めが！」

狭苦しい中戦車の車内にミハエル・トハチェフスキー少将の濁声《だみごえ》が鳴り渡った。

「貴様らはロシア人の天敵だ。たとえアラスカを無償で返還しようとも、ソ連陸軍が味方することは永遠にないと知れ！」

砲声が一段落するや、彼は二人用砲塔のハッチから半身を乗り出した。彼のT34は第二滑走路の西側に掘られた掩体壕に身を隠しており、そこからはメラメラと燃える被弾箇所が一望できる。

「直撃した場所は壊滅だが、被害の範囲は狭い。空襲じゃないぞ。艦砲で撃たれているな」

先ほどよりも声のボリュームは落ちているが、まだエンジンは停止状態であるため、喉頭式マイクロフォンは不要である。装填手を仰せつかっていたゲンリッヒ・リュシコフが、うわずった調子で言った。

「それでも当たれば粉々ですぞ。これ以上、数が減ると敵兵の上陸前に我々は全滅します！」

リュシコフの意見は悪しき現実を解説するものであった。この夜、ガダルカナル島における戦闘可能なT34中戦車は九輛まで減っていたのだ。

水上機母艦〈瑞竜〉〈秋津洲〉から荷揚げされたのは計一二輛だが、すでに三輛が整備不良で稼働しなくなっている。

トハチェフスキーは、祖国の基礎技術力の実力を認識しているつもりでいたが、ここまで酷いとは思っていなかった。戦う前に二五パーセントが脱落してしまうとは……。

ソビエトのメカニズムは信頼性を物量で補うことが信条であり、修理するよりも構成部品《コンポーネント》ごと取り替えるのが前提だ。

中戦車実験中隊もそれを見越し、大量の交換品を持参してはいたが、修繕に着手するよりも早くアメリカ軍が来てしまった。

トハチェフスキーの乗る指揮戦車もV2型一二気筒五〇〇馬力のディーゼル・エンジンの調子が芳しくなく、時速二〇キロが限界であった。

それでも彼が指揮戦車から離れなかったのは、中隊の戦車で無線機を搭載している唯一のT34であったためだ。

これもソ連戦車が抱える欠陥のひとつだった。戦闘指揮はなんと手旗信号で行うというアナログぶりである。

各車には日本製の九六式車載無線機を増設する予定であったが、機材はまだガダルカナルに届いていなかった。

生き残りの中隊各車は、指揮戦車からの連絡をひたすら待ちながら、現地民に掘らせた掩体壕に身を潜めていた。地上に露出しているのは砲塔のみだ。欧米ではダッグ・インと呼ばれている待機状態である。

多少は安全だが、軍艦の巨砲で撃たれれば一発で昇天だ。密集隊形を解きたいが、滑走路の警備を任されているからには、それもできない。また生徒たちにも示しがつかない。

九輌の戦車のうち、ロシア人が乗っているのはトハチェフスキーの車だけだ。残りの八輌はすべて日本海軍陸戦隊の下士官と水兵が操っており、教官の一挙手一投足を見守っている。

当初、トハチェフスキーはモスクワの意向を承知しておらず、日本陸軍の戦車兵が運用すると思い込んでいた。海軍陸戦隊に供与されると知ったのは、ガダルカナル到着後のことだ。

　もっとも、そのほうがトハチェフスキーにとっても気楽だった。ノモンハンという不幸な過去は、日本陸軍に対する拒絶反応を心の中に生み出していたのである。

　逆に海軍陸戦隊には、なぜか親近感に近い思いがあった。

　ロシアでは一八世紀初頭から海軍歩兵が戦場に顔を出し、一定の存在感を放っている。日露戦争でも旅順艦隊の水兵で歩兵旅団が臨時編成され、乃木希典《のぎまれすけ》の第三軍と死闘を繰り広げていた。

　トハチェフスキーら実験中隊の軍事顧問団は、複雑な感情を抱きつつも、T34中戦車の運用法を熱心に教育し、海軍陸戦隊から選抜された小柄な訓練兵たちもそれに応えた。

　二度の上海事変を経験した彼らには、装甲兵力の重要性が骨身に染みこんでいた。

　中国軍は、ドイツ軍事顧問団からアドバイスを授かりつつ、ソ連から輸入したBT5快速戦車を市街戦に投入し、上海海軍特別陸戦隊《シャンリク》に大出血を強いたのだ。

　帝国海軍は悪夢めいた戦場から目覚めるため、もっとも安易かつ効果的な方法を選んだ。脅威対象からの兵器購入である。

　日ソ双方の思惑が絡んだ末、新鋭T34中戦車はガダルカナル島へと搬送され、戦火に曝されていたのである。

「全滅か。そうなればクレムリンの家主は笑いが止まらないだろうな。俺という面倒な男を世界の果てへ遠島刑にし、帝国主義に対する尖兵として散らせることができるのだから。墓標にはソ連邦英雄として名前が刻まれるかもな」

トハチェフスキーの独白にリュシコフが平静を装いながら言った。

「英雄たる資格は、なによりも生き残ること。私はそう思います。状況しだいでは逃走や亡命も選択肢に入れるべきでしょうな。死者には弁明の機会など永遠に与えられないのですから」

奥歯を噛みしめるしかないトハチェフスキーであった。彼はこの状況下でさえ祖国への忠誠心を棄てきれずにいた。俺は卑怯者になってまで生き延びたくはない……。

そのとき、トハチェフスキーは不可思議な現実に気づいた。戦場を構成する要素のひとつが消失しているではないか。

「同志政治将校に確認したい。先ほどの着弾からずいぶん間があいている気がするのだが」

リュシコフも生唾を飲み込んで答えた。

「ええ……砲声が消えましたな」

## 4　砲撃中止命令

――同日、午前四時三五分

「レイはいったいなにをやっている！」

AP‐10〈マッコレー〉のブリッジで憤怒を募らせているのは、リッチモンド・K・ターナー少将であった。

「戦艦〈ノース・カロライナ〉にはツラギ攻撃を命じたはずだ。どうしてガダルカナル島を砲撃しているのだ！」

精緻かつ複雑な作戦の遂行には手順とスケジュールの墨守《ぼくしゅ》が肝心である。水陸両用部隊指揮官の彼は、それが乱されるのをなによりも嫌った。

「あの戦艦屋め。いつものように早寝をしていればいいものを、余計な真似をしおって！」

ターナーはレイモンド・スプルーアンス少将に嫉妬にも似た対抗心を抱いていた。

中佐時代には砲術参謀を務めていたターナーであったが、やがて戦艦に見切りをつけ、航空科に身を転じた過去を持っていた。自らもパイロットライセンスを持ち、空母艦長を打診されたこともある。

結果としては、重巡〈アストリア〉艦長に抜擢されたものの、航空母艦には縁がなかった。開戦時には海軍作戦部戦争計画部長であった。

一方のスプルーアンスは、砲術一筋で身を立ててきたにもかかわらず、ミッドウェー海戦では素人の分際で空母艦隊を率いて出動し、英雄の栄冠をあっさり勝ち取ってしまった。

太平洋艦隊の勝利は好ましいが、あの男の手柄になってしまったのは面白くなかった。

海軍兵学校《アナポリス》の卒業はスプルーアンスのほうが一年早く、海軍大学《ニューポート》ではスタッフの一員として働いた経験もあるが、少将進級は両名とも一九四〇年だった。もはや上司と部下、先輩と後輩の差などない。ターナーはそう考えていた。

「マクフェザース艦長、まだレイは艦隊内電話に出ないのか！」

一〇秒もしないうちに、チャーリー・マクフェザース大佐が望む返答を寄こした。

「空母〈サラトガ〉と電話が繋がりました。二番回線でどうぞ」

直談判を望んだターナーは受話器を引っつかんで叫んだ。

「レイ！　すぐ砲撃をストップしてくれ！」

雑音だらけの高声電話から聞き覚えのある木訥《ぼくとつ》とした声が流れてきた。

『それは〝ショーボート〟の主砲を沈黙させよという意味だと解釈して間違いないか』

「そのとおりだ。〈ノース・カロライナ〉に射撃をやめさせるんだ！」

『断固拒否する。敵の飛行場を放置すれば、艦隊が空襲される危惧が残る。私には第六一任務部隊司令官として、フネと部下を守る義務がある』

「ツラギの水上機基地ならば壊れてもかまわん。だが、ガダルカナルの飛行場はできるだけ無傷で入手せねばならんのだ。

占領と同時に海兵隊が飛行部隊を派遣する手筈なのは知っているだろうが。破壊してしまえば、また造り直しになる。貴官はとんでもない浪費家のようだな」

戦場における勝利のみを目指せばよい艦隊司令官スプルーアンスと、勝ったあとを考えなければならない水陸両用部隊指揮官ターナーとの立場の違いが明確になった瞬間だった。

『滑走路が使用不能に陥っても支障はあるまい。我が正規空母三隻は何日でもこの海峡にとどまり、海兵隊の航空支援に従事するのだから』

「バンデクリフト海兵少将がそれを聞けば、涙を流して喜ぶだろうな。だが、太平洋艦隊に余裕はない。ここでかけがえのない航空母艦を失うわけにはいかん。

第六一任務部隊は四八時間で、ここを去る。その後の軍用機運用は、海兵隊が占領したガダルカナル飛行場にて行われるのだ」

沈黙した相手へと向かい、ターナーはこう言い放つのだった。

「指揮系統における上官として命令する。ガダルカナル島への砲撃を即刻中止したまえ」

間髪をいれずに返答があった。

『了解。以後、空母部隊は全戦闘機を発進させ、上陸船団の援護に従事する』

スプルーアンスは堅物ゆえに上意下達に弱い。それを知るターナーはいちばん簡単な方法で面倒な相手をねじ伏せたのだった。

かくして筒音は消え果てた。それと入れ替わるように朝焼けが東海を照らし始めた。

ターナー少将は迫力のある低音で命じた。

「諸君、作戦開始だ。我らに神の御加護のあらんことを！」

古今東西の戦史において、もっとも危険と評される上陸作戦の幕が、遂に切って落とされたのである。

## 5　孫子の兵法

——同日、午前五時二〇分

『連隊長殿、アメリカ兵は目と鼻の先です！　どうか砲撃開始命令を！』

徹夜で掘らせた陣地に流れた凶報は、アウステン山観測所からのものであった。

通達してきたのは尾藤到計《びとうゆきかず》陸軍少尉である。連隊旗手を務める彼は視力抜群という特徴を買われ、戦況を一望できる山頂に派遣されていた。

「まだ駄目だ。まだ撃ってはならん」

静かに答えたのは一木清直《いちききよなお》であった。盧溝橋《ろこうきょう》事件で名を馳せた経験豊富な陸軍大佐だ。

ミッドウェー作戦が成功していたならば、その守備隊長として着任する予定であったが、南雲艦隊の敗退により上陸は中止と相成り、グアム島で暇を持てあましていた。

一木支隊の中心戦力は第七師団（北海道旭川）の歩兵第二八連隊である。特別編成であるため、規模は通常の連隊より少なく、戦闘員は約二〇〇〇名であった。

内地帰還の準備に入っていた一木だが、不意に出動命令が下った。ラバウル経由でガダルカナルへ進出し、建設中の飛行場守備にあたれと。

当初は早期展開を重視し、半数程度の選抜隊を駆逐艦で急送する案も浮上したが、結局は総員を一気に輸送することになった。海軍が〈清竜〉と〈瑞竜〉の投入を決断したからである。

いずれもドイツ製の《ＭＥＫＯ》だ。対潜護衛艦〈清竜〉と航空護衛艦〈瑞竜〉は後甲板に余裕があり、無理をすれば九〇〇名前後の歩兵を詰め込める。

これに水上機母艦〈日進《にっしん》〉が重火器搬送として参加し、八月一日にはガダルカナル島への揚陸を完了していたが、よもやそれから六日で敵が襲来するとは、誰も想像していなかった。

当の本人である一木大佐も、あまりに早すぎる出番に当惑を隠せなかったが、敵大船団接近すの報に腹を決めた。

噂に聞くアメリカ海兵隊と初顔合わせの機会だ。その力量を見定めてやると。

「尾藤少尉、敵勢は山頂から把握できるか」

アウステンは高山ではなく、丘陵地に近い（実際、アメリカ軍はギフ高地と呼称していた）。なかでも北面の標高は一一五メートルだ。世辞にも視界良好とはいえないが、尾藤少尉は望ましい返答を寄こしてくれた。

『海岸線は舟艇でいっぱいです。輸送船と海岸を往復し、兵を吐き出しています。少なくとも大隊規模か、それ以上！』

違うな。連隊か旅団、あるいは師団単位の戦力が投入されたと考えるべきだ。一木大佐は脳裏でそう判断した。こいつは強行偵察などではない。連合軍の本格反攻作戦なのだ。

日清日露の頃から日本陸軍は上陸作戦を何度も成功させてきた。敵前上陸の場合もあれば、奇襲上陸の経験もある。

だが、迎え撃つとなると元寇までさかのぼらなければ前例がない。近代戦の戦訓から考えて、水際防御が望ましいのはわかりきっているが、一木大佐はそれを放棄せざるを得なかった。

兵力が足りなすぎたのだ。

千葉県に匹敵する面積の島の全周防御など最初から不可能であったし、決め打ちをしようにも、攻撃側は好きな場所を好きなタイミングで痛打できる。

艦船が集結可能な入江と、最重要目標であろう飛行場の位置からある程度は予測できたが、それも完璧ではないし、海岸は敵艦隊の標的になりやすい。

熟慮した末、一木大佐は『孫子の兵法』にならう決断を下した。

《客、水を絶ちて来たらば之を水内に迎ふること勿《なか》れ。半ば渡らしめて撃たば利あり》

原点にして至高であるこの兵法書は、大部分が現代でも通用する。この件《くだり》もまたそうであった。

一木大佐は水際防御を潔く放棄し、ルンガ飛行場から三キロ離れたイル河西岸に陣を築き、戦線の構築を試みたのである。

結果的にアメリカ軍はテナル河の東方に上陸を開始した。そこからイル河までは約一五〇〇メートル。指呼《しこ》の間と呼んで差し支えなかろう。

『敵軍は密林内部に侵入を開始せり。進軍方向は確認できず！』

尾藤少尉からの通報にも、一木大佐は焦らずに命令を下す。

「各小隊長に伝令せよ。まもなく敵兵がイル河の渡河を試みる。全力でこれを阻止せよ」

中川という和名をつけられたイル河だが、川幅は狭く、くるぶしが濡れる程度の浅瀬も多い。それでも通行の難所にはなり得る。ここを防衛線に設定したのは間違いではないはずだ。


突如、違和感が陣地に流れた。

対岸の雑木林が不自然に揺れている。聞き覚えのない英語の響き。そして足音。

「よし……攻撃開始！」

雌伏していた一木支隊二〇〇〇名は、保有するすべての火力にものを言わせた。

砲弾と銃弾が空気を切り裂いて飛び、十数メートル彼方へと着弾するや、木っ葉と血飛沫がそこかしこに巻き起こった。爆音と怒号と悲鳴で構成された戦場特有の混声合唱がいつ果てるともなく続いた。

ここで威力を発揮したのは九二式歩兵砲だ。

平射砲と迫撃砲の特徴を併せ持つ日本陸軍特有の火砲である。大隊砲という呼び名で兵士に愛用されているそれは、自重三・七九キロの七〇ミリ九二式榴弾を遠慮なく放ち、アメリカ兵に大出血を強要したのだった。

一木たちは凝《こ》った偽装を施しており、敵は陣地の存在に気づけなかった。不意を衝いたため、反撃はごく少なく、それもすぐに制止された。

「もうよい。撃ち方やめ！　様子を見る」

攻撃中止の指示が下されるや、周囲には再び静寂が舞い戻った。火薬と人肉の焦げる匂いだけが、ここが地獄だと示唆してくれている。

肩で息をしつつ、一木大佐は思いをめぐらせるのだった。緒戦は圧倒できたぞと。

（だが、敵は大軍だ。どこまでもちこたえられるかなどわからない。ラバウルの第一七軍に援軍を寄こせとねじ込まなければ……）

＊

帝国陸軍が早期からガダルカナル島に派兵を決断し、一木支隊が進出した背景には、様々な事情と状勢が絡み合っていた。

彼らもまた米豪連絡線遮断の重要性は認識しており、作戦遂行のためには帝国海軍との協調姿勢が必要と考えていたが、同時に権益争いも忘れてはいなかったのだ。

東部ニューギニアとソロモン諸島方面を担当するのは新設されたばかりの第一七軍であり、その司令官は百武晴吉《ひゃくたけはるよし》中将であった。

第一七軍が定めた最重要攻略地点はポートモレスビーである。

ニューギニア島南東に位置するその軍港を占領すれば、オーストラリア本土攻撃さえも現実味を帯びてくる。珊瑚海海戦の結果、海路からの制圧は困難となったが、第一七軍は陸軍らしく陸路からの攻撃を企図した。

対岸のブナを占領し、そこを足がかりにオーエンスタンレー山脈を走破し、ポートモレスビーにまでなだれ込むという野心的な作戦である。

初動は順調だった。独立工兵第一五連隊は七月二二日にブナを制圧し、強行偵察と飛行場建設に着手した。

しかし、連合軍はこちらの意図を見抜いていた。ブナの重要性を察知した米英航空隊は連日連夜、空襲を仕掛けてきた。ラバウルという一大軍事基地を保有しているとはいえ、ブナの制空権の確保は微妙な状勢だ。

こうした状況で、破格の個性を持つ陸軍中佐が大本営から派遣参謀としてミンダナオ島ダバオに着任した。

辻政信《つじまさのぶ》そのひとである。

結果のためならば手段を選ばないこの人物は、ポートモレスビー占領は大本営指示から大陸命《だいりくめい》に変更になったと虚言を吐き、是が非でも攻略すべしと声高に主張した。

そんな辻は、秀才らしく以前からガダルカナル島に着目していた。

海軍が飛行場を建設中の孤島が戦場になれば、ブナへの圧力は弱まる。連合軍の矛先をそらすための囮《おとり》には最適だ。

もっとも、簡単に占領されては時間稼ぎにもならない。一定数の陸軍戦力を派遣してやれば、ガダルカナルは緩衝地として機能するだろう……。

一木支隊を早期投入せよと力説したのは辻中佐であった。

海軍としては願ってもない申し出である。輸送における協力を惜しむ理由などなかった。《MEKO》の投入に踏み切ったのも、感恩の意を表すためであった。

辻が派兵に尽力したのには、もうひとつ理由があった。ソ連戦車への遺恨である。

ノモンハン事件に関東軍作戦参謀として深く関わっていた辻は、ソ連機甲兵力への並々ならぬ愛憎を抱いていた。

T34中戦車の導入が決まりかけた際、辻はあらゆる手段を駆使して陸軍編入を画策したが、それは実らなかった。海軍が練習戦艦〈比叡〉を供出した見返りであったためだ。

ならば、せめて間近で検分させたい。海軍陸戦隊は上海で苦汁を舐めた過去が示すように、装甲兵力に関しては素人に近い。こちらが手を出せぬようガダルカナルへ隠したつもりかもしれないが、戦車戦術の共同研究だと称して持ちかければ、嫌な顔はしないはずだ。

辻中佐は一木宛てに、隙あらば海軍陸戦隊から戦車中隊の指揮権を簒奪《さんだつ》することも視野に入れて動くべしと、書状をしたためていた。

もっともその書簡が届くより早く、一木支隊は戦車と遭遇するハメに陥ったのであったが……。

＊

『こちら第二中隊、戦車！　戦車出現ッ！』

悪しき通報が飛び込んできたのは午前五時三〇分のことであった。

敵か？　味方か？　それを知らせる情報はなかったが、まずは脅威と考えるのが妥当だ。

一木は作製させたばかりの地図を凝視し、敵の狙いを即座に察知した。

「第二中隊はイル河のいちばん北側、つまり河口に布陣していたな。アメリカ軍は海岸線の近くを強行突破して飛行場へなだれ込むハラだ」

この瞬間、一木は敗色の香りを敏感に嗅ぎ取っていた。まともな対戦車装備を持っていない第二中隊に阻止行動など無茶な話だ。奮戦はするだろうが、戦線崩壊は覚悟しなければならない。

『敵戦車三輌、我が陣地を蹂躙中！』

銃声と爆音の狭間から流れてきた最悪の情報にも怯《ひる》まず、一木は問い糾《ただ》した。

「随伴歩兵はいるか？　それとも戦車単独か」

ややあって、苦しげな吐息の回答が聞こえた。

『戦車のみ……兵はおりません……』

相手の遣り口は察しがついた。

いわゆる電撃戦だ。機械化部隊の機動力にものを言わせて敵陣深くまで斬り込み、守備側を混乱に陥れる気なのだ。

足場の悪い砂浜を自在に駆けたとなれば、重戦車ではない。軽快に動ける小型車輌だろう。

「第二中隊、敵戦車の車種は？」

返事はなかった。

九四式四号甲野戦無線機からは無意味な雑音が流れ出ていくだけだ。陣地は突破されたのだ。

「すぐ海軍陸戦隊の岡村中佐に通達せよ。軽戦車と思われる戦闘車輌が飛行場へ殺到中！」

## 6　鉄馬の群れ

――同日、午前五時四五分

アメリカ軍の上陸時、海軍陸戦隊はルンガ飛行場の守備に従事していた。

敵が欲するのは滑走路に決まっているが、どこから上陸してくるかは未知数だ。そこで日本軍は分業体制で戦乱に臨んだ。

陸軍の一木支隊が東で戦線を構築し、海軍陸戦隊が西側と滑走路の防衛を担当している。

そして、海軍陸戦隊は寡兵であった。

設営隊の隊員は約二五〇〇名だが、戦闘に投入できるのは三三〇名程度。遠藤幸雄《えんどうゆきお》大尉が率いる第八四警備隊もいるにはいたが、戦力はたったの二四七名。合わせても六〇〇名に満たない。

一木支隊の到着に呼応し、横須賀鎮守府第五特別陸戦隊の増派が決定していたが、到着は二日後の予定であった。

しかし、戦いは数がすべてではない。小をもって衆を討つの喩えを現実のものにせんと欲した男が、ガダルカナルにはいたのだ……。

「馬ひけぇい！」

完全機械化されている希有な例外を除けば、軍隊に馬は絶対に欠かせない。ここガダルカナルにも一二頭の軍馬が内地から運び込まれていた。

もっとも、駿馬と呼べるものは一頭もいない。仕事は重量物の運搬ばかりであるため、集められたのは農耕馬に毛の生えた駄馬のみだ。

それでも岡村徳長中佐は、もっとも大きいアシリパ号を連れて来いと命じた。北海道から連れてきた雪に強い雌だが、南国でもタフさを披露してくれる活発な一頭であった。

右手に自前の日本刀、左手にベルグマン式短機関銃を構え、馬上の人にならんと欲する岡村を、矢部幸浩兵曹長が身を挺して止めた。

「隊長、よう考えてみなはれ。相手は戦車でっせ。鉄の馬に肉の馬が敵う理屈なんざ、あらしまへん。

飛行機はみんな上空退避中やおまへんか。滑走路はいったん、くれてやったほうが利口やで」

「一度でも占領されれば、奪回はできなくなる。ここは犠牲など度外視して起たねばならんぞ。起って敵を食い止めなければならん。ルンガ飛行場なくしてガダルカナル島の死守はならず！」

「ロシア人から買《こ》うた戦車がおます。あれを使う絶好の機会でっせ」

「まだ練度が低すぎるし、穴掘って隠れるしか能がないのでは話にならん。俺はひとりでも戦車隊に殴り込むぞ。ソ連戦車隊へ突入し、見事散ったポーランド騎兵に遅れをとってはならん！」

雄々しく言い放った岡村中佐の台詞に、部下たちの士気は爆発的に向上した。

このとき岡村の部隊は第二滑走路の中央に布陣していた。南北いずれから敵襲があっても対応できるようにだ。

騎馬吶喊《とっかん》は敵情確認を目的とする強行偵察だと強弁できなくもないが、あまりにも無謀だった。岡村はそれを肌で思い知ることになる。

海岸線近くの木々が不穏に揺れた。数秒もせぬうちに震源の正体が現れた。背の高い砲塔を有する軽快な戦車だ。

けっして大柄ではない。巨大兵器を愛するアメリカ人にしては珍しく小振りな部類に入る。だが、四角いボディに打たれた数多くのリベットが存在感を強調している。

数は三輌だ。いずれも無限軌道を高速回転させ、滑走路を我がもの顔で駆けてきた。

合衆国海兵隊に所属するＭ３Ａ１である。昨年三月から生産が始まり、すでに五八〇〇輌以上が完成している新鋭だ。

軽戦車と名づけられているが、主砲に三七ミリ砲を搭載し、装甲も最大で五一ミリに達する。最高速度は時速五八キロ。実際は巡航戦車に分類すべきマシンだった。

自重は一二・四トン。揚陸作戦の尖兵に用いるにはほどよい目方だ。やや履帯《キャタピラ》が細く、接地圧が高いため荒地の行軍には難があったが、整備された滑走路ならば踏破は楽だ。

その主砲が突如として火弾を放った。

榴弾が岡村の前方二〇メートルの地に炸裂し、破片が撒き散らされた。彼自身は無事だったが、アシリパ号が前足をやられ、もんどり打って転がった。岡村も頭から落下したが、桜の紋章入りのヘルメットのおかげで怪我はなかった。

「おのれ！　アメ公めが！」

日本刀を杖にして立ち上がろうとした岡村中佐だったが、突如として復讐が成し遂げられた事実を目撃し、その場に立ちすくむのだった。

アメリカの軽戦車が紅色に塗り潰されていた。角張った砲塔が宙に飛び、車体は無様に横転している。

残りの二輌は被弾した車輌の両翼に展開しようとしたが、同一の運命に見舞われた。

車体を隠し、砲塔だけ露出していたT34中戦車の餌食になったのだ……。

＊

「日本人は標的に弾をあてさせれば本当に上手いな。ツシマ沖とハルハ河で、こっちが苦戦するわけだ」

戦果を稼いだ部下の砲撃にミハエル・トハチェフスキー少将は賞賛を惜しまなかった。

「手本として一輌だけ仕留めたが、残りをこうもあっさり撃破するとは驚きだ。撃ったのは四号車だろう。オビナタ少尉とナカムラ上等兵だ。連中は上海戦でも戦車を扱っていたらしい。

　実戦経験者はやはり違う。もはや陣地戦闘で教えることはなにもなさそうだ」

　ゲンリッヒ・リュシコフも驚嘆ぶりを隠そうとはしなかった。

「移動標的を一撃とは。我がＴ34の性能だと信じたいところですが、腕前も認めてやる必要がありましょう。

　日本人は勤勉で学習能力も高い。敵にまわすと厄介な相手だと実戦で証明もしました。これをモスクワに理解させなければ」

　政治将校と通訳を兼ねる人物が述べたとおり、ルンガ飛行場における戦車戦の勝因は、優秀な戦車と戦車兵による協同作業の成果であった。

　地面に砲塔だけ露出させるダッグ・インの姿勢から戦闘へと移行し、たちどころにアメリカ軽戦車を撃破したＴ34は、一九四二年時点における世界最強戦車のひとつであった。

　攻撃力、機動力、防御力の調和こそが名戦車の条件であるならば、Ｔ34はそのすべてで合格点を叩き出している。

　なかでも四一・二口径の七六・二ミリ戦車砲の威力は凄まじい。一六〇〇メートルの遠距離から五四ミリの装甲鈑を貫通可能だ。

　そして、ルンガ飛行場での遭遇戦における間合いは八〇〇メートルであった。

　相手が巡航戦車級の軽戦車なら、こちらは重戦車級の中戦車だ。Ｍ３Ａ１軽戦車に耐えられる道理もなく、命中と同時に昇天させられてしまった。

　五〇〇馬力のＶ２ディーゼルエンジンが快調で

あれば、最大時速五二キロを発揮できる。履帯は幅四八センチと広く、悪路の踏破も楽だ。

装甲厚は約四五ミリだが、傾斜装甲を全面的に採用しており、数値以上の打たれ強さが期待されていた。

もちろん欠点も少なくないが、全長六一〇センチの大きな車体には改良できる余地も充分ある。

現在のみならず、将来的にも無敵戦車の栄冠をほしいままにする兵器のデビュー戦は、実に華々しいものであった……。


「アメリカ戦車の第二波は、ずいぶん遅いな。これで時間を稼げそうだ。全車に命令。履帯の調整をいまのうちに終わらせておくように。おそらくだが、日没後に出番がある」

トハチェフスキーの分析に、リュシコフは意外そうな表情を見せた。

「夜に、ですか。まだ半日ありますよ。波状攻撃があると考えるべきでは？」

「こちらの正体は、まだ露呈していまい。用心深い指揮官がいれば拙攻の愚を悟るはずだ。そして攻撃精神に富む日本軍は必ず早期反撃を試みる。それも夜襲にすべてを賭けるだろう」

「それにT34が投入されると？」

「ノモンハンを忘れるなよ。我らは日本戦車隊による夜襲を食らい、大打撃を受けたではないか」

## 7　地獄の釜

――同日、午前六時

「ターナー提督、重巡〈ヴィンセンス〉の観測機より入電。M3軽戦車隊の飛行場突入作戦は失敗。

敵は強力な対戦車砲を保有せるもよう」

兵員輸送艦〈マッコレー〉のブリッジに届けられた敗報に、リッチモンド・ターナー少将の表情には陰りがさした。

「ミスター・バンデクリフト、君の計画は破綻したようだ。戦車隊を飛行場に乱入させ、日本軍機の行動を封印すると豪語したが、現状はどうしたことかね。ルパータス海兵准将が指揮するツラギ攻略は順調だというのにな」

アレクサンダー・バンデクリフト海兵少将は頭にヘルメットをかぶり直しながら、

「日本軍は我らの攻撃を察知し、守備態勢を構築していた。それだけの話でしょう」

と言ったが、ターナーはなおも責任追及の手を緩めない。

「君はこう言った。海兵隊員の練度を上げるには半年はかかるから、それまで攻勢を待てと。帰国後は、さぞ自慢できるだろう。我が悪しき予想は見事に的中したと……」

ターナーの台詞は、けたたましい対空砲火の轟音で遮《さえぎ》られた。

日本機が散発的な空襲を繰り返しているのだ。明るくなると同時に九九艦爆《VAL》が姿を見せており、すでに損害も出ていた。

スプルーアンスが三隻の航空母艦からF4Fワイルドキャット戦闘機を発進させ、上空警戒を実施しているが、敵機はしつこく食い下がってくる。

「標的になりにくい場所までフネを移動させます。面舵いっぱい《ハードトゥスターボード》だ。急げ！」

マクフェザース艦長は、そう宣言した。彼が合格点をつけられる操艦を行っていたため、〈マッコレー〉は直撃弾だけは免れている。

だが、それもあまり長くは続くまい。この海峡は狩り場に変貌しようとしているのだから。バンデクリフトはそう直感していた。

「自己弁護は私の欲するところではありません。訓練不足の兵士を投入し、結果を得られなかったのはすべて私の責任です」

「なら督戦したまえ。再攻撃を命じたまえ。基地航空隊の支援空爆まで、あと三〇分だぞ」

今回の上陸作戦では、大規模な航空支援が最初から約束されていた。

空母機だけでなく、合計二九三機もの陸海軍基地航空隊が出動し、日の出と同時にガダルカナル島を空爆する手筈なのだ。現在は第一波攻撃隊がエスピリトゥ・サント島を発進し、こちらへ進軍している頃合いである。

バンデクリフトは数秒の沈黙のあと、こう請願するのだった。

「どうか基地航空隊に攻撃目標の変更を要請してください。滑走路を爆撃するようにと」

「アウステン山の敵監視所を叩く予定だぞ。いまさらチェンジはできん。そもそも滑走路を無傷で入手してくれと泣きついたのは海兵隊だ。

君も航空隊を早急に展開しなければガダルカナル島の維持は覚束ないと、強硬に主張したではないか。戦車隊の突入にいちど失敗しただけで方針転換とは根性がなさすぎるな。いっそ君が現場に行き、陣頭指揮を執ってはどうかね」

この時代、まだパワー・ハラスメントなどという表現は存在しないが、ターナーの詰問はまさにそれであった。

矜持《きょうじ》を土足で踏みにじられたと判断したバンデクリフトは、非の打ちどころなき立派な敬礼をすると、こう宣言したのだった。
「アドバイスに感謝します。それでは助言に従い、本職は可能な限り早くガダルカナル島へ上陸し、部下たちと苦楽をともにしたいと思います」

七五分後、バンデクリフトは部下たちと一緒にヒギンズ艇に乗り込み、AP‐10〈マッコレー〉を去った。

一回で完全装備の歩兵を三五名運搬できるが、ガダルカナル島だけでも一万一〇〇〇名の兵士を陸揚げしなければならない。つまり何十回も往復しなければならないが、速度はせいぜい八ノットが限界であり、迅速さなど期待できなかった。

本来なら、橋頭堡の確保を終えてから上陸する計画だったが、バンデクリフトに悔いはなかった。これ以上、ターナーと顔を突き合わせていれば、いつ感情が爆発するかわからない。戦場で怒りをぶつける相手は日本軍でなければならない。

自らを律しようとしたバンデクリフトは、己が幸運であった事実を突きつけられることになる。
「ジャップの一式陸攻《ベティ》だ！　突っ込んで来る！」

傍らの海兵隊員が大声で叫んだ。それはマレー沖海戦でイギリス東洋艦隊を壊滅させた陸上攻撃機にほかならない。

葉巻のような太い図体を持つ双発機だ。空母で運用できる機体ではない。日本軍も基地航空隊を繰り出してきたのだ。

恐怖心を抱いたバンデクリフトだったが、その日本機は対空砲火に主翼を射貫かれ、盛大に黒煙を吐き出しつつ、低空を這っていた。

このぶんなら大丈夫かと胸をなで下ろした瞬間、最悪の目撃情報が流れた。

「敵機は〈マッコレー〉へ向かっているぞ！」

対処の方法などなかった。被弾した一式陸攻は、よろめきつつも最後の力を振り絞り、大型兵員輸送艦の左舷に体当たりを強行したのだった。

当然ながら爆発を起こし、火炎はフネの中央を覆い尽くした。真紅の悪魔の舌に舐め尽くされた〈マッコレー〉には、生存者など期待できそうにない。

運命の流転を実感しつつ、バンデクリフト海兵少将は怒号めいた指令を発するのだった。

「損害に構うな。海岸へ全速で進め！」

冒頭からつまずいた望楼作戦《オペレーションウォッチタワー》であったが、悲劇はまだ終焉を迎えていない。

ガダルカナル島における〝アメリカのいちばん長い日〟は、まだ始まったばかりであった……。

# 第3章
# 鉄底海峡の戦い

## 1　サムライ・イン・ザ・スカイ
### ——一九四二年（昭和一七年）八月七日

米軍ガダルカナル島襲来の公算強し！

危急の知らせがラバウル基地に舞い込んだのは八月七日午前三時四〇分のことであった。

日本海軍の対応は素早かった。第二五航空戦隊司令官山田定義少将は、沿岸監視員の目撃情報に接し、敵軍の意図を察知した。

船団規模から推察するに、およそ威力偵察とは考えられない。連合軍は本格的な反攻作戦に着手したのだ。全力で迎え撃たねば。

山田少将は、手持ちの第五空襲部隊に出撃即時待機を命令した。ニューギニアのラビを空爆する予定の編隊を、そっくりそのままガダルカナルへ振り向けよと。

構成は台南《たいなん》航空隊の零戦三六機と第四航空隊の一式陸上攻撃機が二七機である。

陸攻は九機が九一式航空魚雷改二型を装備し、残る一八機は二五〇キロ爆弾を二発ずつ装備していた。

雷撃隊と水平爆撃隊だ。高空と低空の二方面からアメリカ艦隊を屠《ほふ》らんと、第五空襲部隊は勇躍出撃した。

珊瑚海とミッドウェー海戦の戦訓から、米空母の守りが呆れるほど堅固だと学習していた海軍航空隊は、基礎戦術として最初に爆弾で飛行甲板を潰し、艦載機運用能力を奪ったのちに魚雷で介錯すると決めていた。

第四航空隊の森玉賀四《もりたまよしよつ》大佐は、それを墨守するため、果敢な攻撃命令を発動したのだった。

『まず水平爆撃隊が突入して空母を狙え。雷撃隊は時間差をおいて攻撃に移り、被弾した敵艦の喫水線下を攻めるべし。

第一目標は空母、第二目標はそれにつぐ大型艦。攻撃完了後、零戦隊はルンガ飛行場に着陸し、制空権確保に努めよ！』

六三機の第五空襲部隊が約三時間の行軍を経てガダルカナルへと到達したのは、早朝七時四五分のことであった……。

遠方の雲間に光の羅列が生まれた。

雷光に似ているが、自然現象ではない。あれは人命の遣り取りで発せられた稲光だ。

「先陣の征空隊が噛みついたか。やっぱり敵さん、待ち構えていたな」

零式艦上戦闘機二一型の操縦席で独り言をつぶやいたのは、坂井三郎《さかいさぶろう》一等飛行兵曹であった。

開戦以来、先任下士官搭乗員として縦横に飛び回り、台南航空隊の武名を高らしめた零戦パイロットである。

初陣は支那事変であり、当時は九六式艦上戦闘機を操っていたが、日米開戦の約一年前から新型の零戦に機種変更が行われ、以降ずっとこの艦上戦闘機と苦楽をともにしていた。

フィリピンのクラーク空軍基地攻撃を皮切りに、

蘭印作戦に参加。昭和一七年四月にラバウルへと転戦し、ラエ基地を根拠地として、ポートモレスビー空爆の護衛任務に何度も参加している。

この日、坂井は征空隊の第二陣としてガダルカナル島へ急行していた。水平爆撃を行う一式陸攻の直掩が務めだ。

「第一陣がずいぶん頑張ってるな。零戦一八機で襲いかかれば、倍の敵機でも互角に戦える。やはり全力出撃で正解だったぞ。それというのもルンガ飛行場があったればの話だがな」

当初、飛行隊長の中島正《なかじまただし》少佐は全力出撃を躊躇《ちゅうちょ》していた。

ラバウル基地からガダルカナル島までの距離は往復で約二〇〇〇キロ。零式艦上戦闘機二一型は三二〇〇キロを飛べるが、帰路を考えれば一五分前後しか戦場にはいられない。これでは少数のベテラン以外、帰還は覚束ない。

しかし、ルンガ飛行場の存在がすべてを変えた。

滑走路はまだ一本しか完成していないが、すでに第二飛行隊が展開を終えており、ラバウル基地の活動に支障を来すほどの航空ガソリンが運び込まれていた。

機銃弾や爆弾の集積は道半ばであったものの、基地としては機能している。これならラバウルから飛来した機体が翼を休めることもできる。

状況を勘案した中島少佐は、ルンガ飛行場への着陸が確約されていることを条件に、零戦三六機の出撃を許可したのだった。

坂井は燃料を確認した。進軍は巡航速度の時速三〇〇キロ弱に抑えていたため、まだ余裕がある。小一時間戦闘をしても、ルンガ飛行場に降りればいいだけの話だ。

第三中隊の笹井醇一《ささいじゅんいち》中佐機が増槽を棄てた。

坂井もそれにならう。彼は第三中隊の第二小隊長であり、後方に柿本円次《かきもとえんじ》二飛曹と羽藤一志《うとうかずし》三飛曹の機を従えていた。

いよいよだ。噂に聞くグラマン戦闘機との手合わせが始まるのだ。

どこの海軍でも空母艦載機は精鋭パイロットを揃える。ミッドウェーの戦いでも、基地航空隊のF2A〝ブリュースター〟戦闘機はともかく、空母を発進してきたF4F‐4〝ワイルドキャット〟は侮り難い相手だったらしい。

箝口令は敷かれていたが、ミッドウェーの敗戦を知らぬ搭乗員などいない。国民が恐慌を起こさぬためという美辞麗句のもとに、大本営は誇張した数字を発表していたが、〈飛龍〉以外の空母が撃沈されたのは承知の事実であった。


予備燃料を棄て、軽くなった零戦を緩降下させながら坂井は叫んだ。

「先発した連中、こっちにも獲物を残しておいてくれればいいんだが」

自惚《うぬぼ》れるわけではないが、坂井は自分の技量と零戦の性能に自信を抱いていた。撃墜数は自分でも明確でないが、もう二桁には届いていよう。エースパイロットだと自称しても、文句をつける者などいない。

現在高度は五五〇〇。護衛対象の一式陸攻は三機ずつ六つのグループに分かれ、黄色と朱色の光輝が連なる戦場へと駆けていく。

訓練を重ねた水平爆撃隊だが、坂井はやや不満だった。〈赤城〉〈加賀〉〈蒼龍〉の仇を討つのであれば、もっと雷撃隊を準備すればよいのにと。

だが、それは強欲だった。発進まで時間がなく、魚雷への装備転換が間に合ったのは九機だけ。残りは九八式二五番爆弾を抱いたままの出撃を余儀なくされていた。

対艦用徹甲弾ではなく、地上攻撃用のものだ。それでも空母の甲板は潰せる。まずは一式陸攻の奮闘に期待するしかない状況だった。

すると、前触れなしに陸攻隊全機が尾部の二〇ミリ旋回機銃を掃射し始めた。

敵機接近の合図だ。すると二時方向の下方から虻《あぶ》のような機体が急上昇してきた。

グラマンだ。ワイルドキャット戦闘機だ!

数は六機。単縦陣で高みへと駆け上がってきた濃紺の機体は、零戦を完全に無視し、一式陸攻に襲いかかる。六挺のブローニング一二・七ミリ機銃が焔の洪水を演出する。

間合いがあったためか、命中弾はない。敵機は陸攻隊の鼻面をかすめるように飛び去った。

逃げたわけではない。高みから急反転して再攻撃する気だ。

ここで坂井は機体を上昇させ、相手の行く手を阻んだ。同時に機銃射撃も行う。露骨な進路妨害だが、グラマン編隊はあっさりと散開した。

できれば追いすがり、撃墜記録を伸ばしたいところだが、今回の任務は護衛である。せめて陸攻隊の投弾が終わるまでは辛抱しなければならない。

「ええい、じれったい! 早く投弾せんか!」

無意味と知りつつも怒鳴らずにはいられない。軽快すぎる坂井機から見れば、水平爆撃隊は鈍重すぎる鉄塊に見えて仕方がなかった。

高度五五〇〇メートルから先手を打つはずだったが、陸攻隊は依然として攻撃目標を見定められずにいた。輸送船団は発見できたが、肝心の戦闘艦艇がいない。

　このとき、スプルーアンスの空母部隊はサヴォ島の北東に移動していたのである。水平爆撃隊は遅ればせながらそれに気づき、品定めをすべく現場へと急行する。

「この際だ。置屋の芸者じゃあるまいに、あんまり選り好みするなよ！」

　そのときである。彼の台詞に反応したわけではなかろうが、攻撃を開始した一式陸攻の編隊があった。

　雷撃隊だ。超低空で、それも南のガダルカナル方面から侵入し、突撃していく。

　標的に定めたのは空母でも戦艦でもなく、炎上中の輸送船団であった。

　それはルンガ飛行場を根城とする第二航空隊が成し遂げた夜間雷撃の戦果だったが、カオス状態の戦場ですべてを把握できる者などいない。

　坂井が事態に気づいたのは呪わしき焔によってであった。強襲をしかけた雷撃隊のうち、突出した先頭機が対空砲火にやられ、無惨にも火だるまになったのだ。

　だが、紅蓮の機体はかろうじて揚力を維持していた。よろめきつつも海面を這うようにして飛翔しているのは、死に場所を探しての行動だろう。

「まだだ！　まだやれる！」

　遠方の味方機に届きもしない声援を送る坂井は、やがて悲壮な光を目撃した。

　燃える一式陸攻は、大型輸送船と思しき敵艦に体当たりし、見事散華《さんげ》したのだ。

　機種番号さえわかれば搭乗員は割り出せるが、この間合いでそれは望めない。無駄死にで終わらなかった現実を幸運だと思わねばなるまい。

実際の話、その炎は幸運どころではなく、戦争の行く末を決定づけるほどの意味合いが秘められていたのだが、神ならぬ身の坂井三郎に認識できるはずもなかった……。

友軍機の不運を嗟嘆する暇など坂井には与えられなかった。敵機が視界に入ってきたのだ。

一〇時方向、五〇〇メートルほど下に、およそスマートとは言い難いネイビーブルーの戦闘機が旋回中だ。陸攻隊をつけ狙う気だろう。

そうはさせぬ。坂井は愛機を横滑りさせながら、二〇ミリと七・七ミリの機銃弾を同時に放つ。

銃弾は緩い弧を描きつつ空を縫い、あたり前のように敵機を射貫いた。翼端を削られたF４Fは揚力を損ない、錐もみ状態で墜落していく。

撃墜王《エース》の資格を得た坂井一飛曹は、歓喜のなかで叫ぶ。

「われグラマン撃墜す！　零戦と俺の腕っぷしはヤンキー相手でも通用したぞ！」

## 2　三万五〇〇〇トンの楯

――同日、午前七時五五分

航空母艦〈サラトガ〉のブリッジは恐怖と戦慄によって満たされつつあった。

犯人は日本軍である。昨夜からスプルーアンス少将の第六一任務部隊は、絶え間ない空襲に悩まされていたのだ。

ガダルカナルから飛来したと思われる敵編隊は、少数ながら勇敢かつ狡猾《こうかつ》であった。

夜間雷撃は一回だけであったが、朝焼けと同時に急降下爆撃機による散発的襲撃が始まり、それに戦闘機の機銃掃射が加わった。

損害は軽微だったが、スプルーアンス艦隊はそのつど、回避運動や対空砲火などの対応を迫られ、水兵の体力は遠慮なしに削り取られていった。

そして、払暁《ふつぎょう》にタイミングを合わせる形で新手が姿を見せた。

日本人が陸上攻撃機と呼ぶ太い胴体の双発機が、高空と低空から同時に攻め寄せて来たのだ。


「貨物船〈アルキバ〉より入電。輸送船団が雷撃機に狙われている。至急、救援を！」

空母〈サラトガ〉に上陸船団から悲痛なメッセージがもたらされたのは、八時前のことであった。

艦長のデウィット・C・ラムゼー大佐は、鈍いうめき声を発することしかできなかった。救援など不可能だと理解していたからである、
第六一任務部隊は、空母三隻で九九機のF4F-4ワイルドキャット戦闘機を準備していたが、すでに一九機が撃墜され、二〇機が飛行不能と判断されていた。

残るは六〇機だが、すべてを発進させるわけにもいかない。迎撃任務は燃料と銃弾を湯水のように使うのだ。パイロットの肉体的疲弊も考慮すれば、ローテーションを組み、適宜補給を行うのが常道だった。

現在飛行中のF4Fは四二機。これでは三空母の上空直衛で精いっぱいだ。とても二五キロも南にいる上陸船団に回す余裕などない。

ラムゼーは、ブリッジの一角に座るスプルーアンスをすがるように見たが、司令官は沈黙を保ったままだ。たまらずに艦長は口を開く。

「返電はどうしますか。無視を決め込めば海兵隊の恨みを買ってしまいます。なにか名案はないの

でしょうか」

場違いなほどのんびりとした口調で、スプルーアンスは答える。

「勇戦せよと伝えるだけで充分。あまり気に病む必要はない。その雷撃機も早晩こちらへ向かって来るのだから」

「なぜ、そう断定できるのでしょう？」

「ミッドウェーで実際に戦った経験からだ。奴らはどんな犠牲を払おうとも、執拗に空母ばかりを狙ってきた。歴史の深い東洋人はワンパターンな行動を望むと聞く。今回もそうするだろう」

会話に割り込むかたちで再び悲報が届いた。

「艦長、〈アルキバ〉より続報です。旗艦〈マッコレー〉被弾。大破炎上中！」

いちばんやられてはいけないフネがあっさりとやられた。顔面蒼白となりながらラムゼー艦長は黙考するのだった。

（まずい。あれにはターナー提督が乗っている。少将の身に万が一のことがあれば、上陸作戦そのものが頓挫してしまう……）

敗北の予兆がブリッジ・メンバーの共通認識となりかけた頃、状況打開のために発言を開始した男がいた。

「諸君、これで事態は一気に単純化した」

レイモンド・スプルーアンスその人であった。彼は最悪の事態を露骨に強調するのだった。

「悲惨な現状だが、嘆き悲しむ余裕はない。上陸船団の旗艦が撃破された以上、公式な支援要請は絶無となろう。よって我らの最優先事項は自衛となった。第六一任務部隊の全艦はこれより北上。サヴォ島の北に集結し、敵襲に備えよ」

反射的にラムゼー艦長は叫んだ。

「まさか上陸船団を切り捨てるおつもりですか。それは責任問題になりますぞ」

事もなげにスプルーアンスは応じる。

「全滅すれば責任を感じることさえできなくなる。我らは生還し、この失敗を繰り返さないための証言者とならなければ」

「失敗？　我々はまだ負けておりません」

「現実を直視する勇気を持ちたまえ。第六一任務部隊は、まさに敗北しつつあるのだよ。本職はこれ以降、被害軽減にのみ傾注しなければならん」

その刹那《せつな》、最悪の報告が舞い込んできた。

「北西より敵編隊接近中。艦隊直上五五〇〇メートルに一式陸攻《ベティ》を確認！」

厄災が頭上に現れた苦い現実を噛みしめながら、ラムゼーは対応策を命じた。

「航海長、増速だ。三四ノットまであげろ。進路このまま東へ。回避運動はギリギリで行う」

今年の五月に艦長職に就いたばかりのラムゼーだったが、〈サラトガ〉の舵の利きには閉口させられていた。

四半世紀前に設計された巡洋戦艦を母体としており、しかも全長二七七・四メートルの巨艦だ。この二つのハンデを考慮に入れても、回頭を始めるまでに時間がかかりすぎる。

経験から逆算して回避のチャンスは一回だけ。逃げたほうに敵弾が降ってきたのでは泣くに泣けない。ラムゼーが転舵に待ったをかけたのは妥当な判断だと思われた。

しかし、第六一任務部隊指揮官は異なる決断を下すのだった。

「艦長、ただちに転舵だ。北方へ全速で退避」

あっけにとられるブリッジ・メンバーをよそに

ラムゼーは反論する。

「提督！　正気ですか。敵の水平爆撃隊へと直進してしまいますよ！」

「イギリス東洋艦隊のバトルレポートを読んだ。〈プリンス・オブ・ウェールズ〉と〈レパルス〉がやられたのは逃走しか試みなかったことが一因だ。高高度からの投弾ならば、相対距離を詰めたほうが逆に命中させにくい。それに、真に恐れるべきは南方から来る雷撃隊だ。護衛戦闘機をガダルカナル方面へ集結させよ」

魚雷を抱いた双発機の編隊は、停泊中の味方船団を攻撃中なのに。そう言いかけたラムゼーだが、別の報告に耳を疑うことになる。

「戦艦〈ノース・カロライナ〉より緊急電。ジャップの雷撃隊は上陸船団を通過したもよう。機数六機！　急速接近中！」

事態を悟ったラムゼーは、ここで転舵を命じた。合衆国海軍最大の排水量を誇る大型空母は、牛歩の勢いで右に傾きつつ、やがて左へと曲がり始める。

「レーダー波の届きにくい陸地から接近し、対空砲火の手薄な輸送船の上空を抜け、重要目標たる空母を狙うか。日本軍は合理的だな。

いや、真に合理的なら上陸船団を狙うはずだが、あえてそれをやらないのがサムライ精神《スピリッツ》とやらか」

「では……ターナー少将の〈マッコレー〉はどうして攻撃されたのですか」

「私に聞かれても困る。ただの偶然か、それとも被弾した敵機が地獄への道連れを欲したのか」

当事者でありながら第三者としての意見を口にできるスプルーアンスに、ラムゼーは畏敬の念すら抱くのだった。

『ワイルドキャット五機が敵雷撃隊に急行中』

見張りからの報告にスプルーアンスは言った。

「よろしい。〈ノース・カロライナ〉のフォート艦長に無電を打つのだ。その場にて自分の仕事をなせ、となせ、とな……」

*

BB-55〈ノース・カロライナ〉のブリッジで、〈サラトガ〉からのメッセージを読破したジョージ・H・フォート大佐は、即座にスプルーアンスの意図を看破し、低く呻《うめ》いた。

「我が身を楯にしろか。軽く言ってくれる」

このとき〈ノース・カロライナ〉は空母三隻の南方に位置していた。護衛対象を守るには絶好のポジショニングである。


真珠湾とマレー沖で戦艦の時代が終焉を迎えていることは承知の事実だ。陸海を問わず、制空権なき軍勢は必敗している。だからこそ空母を死守しなければならない。

フォート艦長にもその事実は認識できていた。彼はもと潜水艦乗り《サブマリナー》だが、古いタイプの海軍軍人であり、戦艦《バトルシップ》にも思い入れは深い。

だからこそ悲嘆にくれるのだった。損得勘定をすれば航空母艦《フラットトップ》のほうが付加価値が高いのは理解できる。だが、そのガードマンとして散らなければならないとは。

(思い直しても詮《せん》なきことだが、ターナー提督の命令で飛行場砲撃を中止したのは間違いだった。夜半のうちに滑走路を潰しておけば、これほどの空襲に遭うこともなかったろう)

苦悩を心にたたみ、フォートは命じた。

「面舵だ。左舷を日本の雷撃隊に向けろ。全火器自由射撃を許可する」

この時点で、まだフォート艦長には戦意があった。

死地に向かえと命じられたが、真珠湾で沈められた年かさの姉妹たちとは違い、〈ノース・カロライナ〉は新鋭艦なのだ。数本の魚雷ならば耐えられよう。

演芸船《ショーボート》というニックネームを返上する絶好のチャンスかもしれない。死線を越える覚悟をすれば、悪魔とて道を譲るだろう……。

＊

空戦は数分で大勢が決する。

超ベテランの域に達していた坂井三郎一飛曹は前例からそう考えていたが、ガダルカナル上空の戦いは過去の経験則が通用しなかった。

墜落する機体は敵味方ともに数多《あまた》であったが、両軍ともに新手を繰り出して来るのだ。米空母とルンガ飛行場は、航空機基地としての役割を十二分に果たしていた。

ならばその撃破にこそ執念を燃やすべきだが、どういう理由か米軍機はルンガ飛行場への攻撃を自粛していた。贅沢にも無傷で奪取し、早期運用を欲しているのだろう。

幸いにして日本軍に一切の縛りはない。だからこそ巨艦への攻撃は苛烈を極めた。特に一式陸攻の戦意は、鬼神もこれを避ける勢いであった

一機が対空砲火に貫かれ、輸送船らしきフネに体当たりして果てたが、残る八機は船団を軽々と飛び越し、空母部隊へと殺到したのだ。

その高度は実に洋上五メートル！

坂井は肝を冷やした。小型の零戦でさえそんな超低空を這えばプロペラが海水を叩き、墜落する危険がつきまとう。全長一九・六三メートルの大型機が飛んでいい空間ではない。

しかし葉巻型の八機は、まるで塩水を舐めるかのように突進を続けた。

一機あたり七名の搭乗員は勇敢と無謀の間を巧みに綱渡りしつつ、標的へと急ぐ。

そんな一式陸攻を死地へ送らんと、北からグラマンF4Fが食い気味に降下してきた。坂井は、そうはさせじと零戦を急降下させる。

距離四〇〇まで待ってから、使い慣れた九七式七・七ミリ機銃を連射する。弾丸は虚空を縫い、敵機の翼端を削り取った。不格好に落下するF4Fの側を、一式陸攻八機がすり抜けていく。

あくまでも標的は空母であり、戦艦であった。

上陸という敵の意図を挫くためには、輸送船団を直接叩くのも一手だが、戦闘艦さえ潰せば荷駄船など赤子の手をひねるようなものである。

攻撃隊は今後も陸続と到着する。次を考えれば、まずは空母か戦艦を屠るのが常道だ。マレー沖で自信をつけた陸攻隊がその考えに落ち着いたのも無理はなかった。

ただし、アメリカ海軍とイギリス海軍とでは、対空砲火の密度が違いすぎた。第四航空隊の各機はその事実に直面することになる。

再び機体を上昇させた坂井は、雷撃隊の矛先に大型艦が通せんぼをしていることに気づいた。

「戦艦が出て来たか！　陸攻隊の連中、できれば空母を沈めてミッドウェーの仇討ちをしたかったろうが、やむを得んな！」

新型と思しきその大戦艦――〈ノース・カロラ

イナ〉は、コンパクトに旋回を終えると、ずらりと左舷に備えた武装を解き放ち、石礫《いしつぶて》を投げつけてきたのである。

ここで猛威をふるったのが三八口径の一二・七センチ連装両用砲Mk12であった。

片舷に連装型が五基ずつ設置されており、一〇門の筒先が一式陸攻を狙い撃ちにする。

たちまち二機が〝ワンショット・ライター〟という渾名を実証するかのように、火だるまとなって落下した。

対空火器はそれだけではない。二〇ミリ機銃が二〇門と、一二・七ミリ機銃が二八門も用意されており、遠慮なく弾を吐き出した。

坂井が驚いたことに、米戦艦は主砲まで撃っていた。狙いは撃墜ではなく、水柱で雷撃ポイントに接近するのを邪魔するつもりだ。

しかし、この場面では逆効果だった。主砲斉射の衝撃と爆風で、一時的に機銃群が発砲を中止してしまったのだ。

六機の一式陸攻はその隙を見逃さなかった。接近してきた防空軽巡〈アトランタ〉の猛攻で一機が撃墜されたが、残る五機は距離九〇〇メートルから魚雷を投下することに成功した。

戦艦〈ノース・カロライナ〉は、あえて転舵を見送った。楯となる役目を完遂するには必要な選択だったが、自己犠牲の代償はあまりにも高くついた。

舷側に水柱が二本生える決定的瞬間を、坂井は機上から目撃した。

「やった。艦首と艦尾に測ったように一本ずつか。まず助かるまい」

十数秒後、零戦乗りの思惑を補強する大爆発がアメリカ戦艦を襲った。

遂に水平爆撃隊が投弾を開始したのだ。

各機二発ずつ搭載した二五〇キロの累卵が重力に引かれて落下し、梟敵《きょうてき》を包囲した。

大部分は至近弾となったが、三発は直撃した。

藍色を基調とする船体に灰色の斑点模様が描かれたアメリカ海軍独特の見事な迷彩塗装は、紅蓮のインクがぶちまけられて台なしとなった。

「敵戦艦は大破炎上中か。実に惜しいな。あれが徹甲爆弾だったら！」

ないものねだりを口にする坂井一飛曹であった。

たしかに真珠湾で使った対艦用の九九式八〇番爆弾なら一撃で戦艦を屠れただろう。残念ながら投下されたのは対地用の二五番通常爆弾であり、装甲を貫通する力に乏しかった。

それでも着発信管は確実に起爆し、派手な火災を生じせしめた。被雷で傾斜も始まっているふうにも見えるし、鎮火には時間がかかりそうだ。

さらに戦果は続いた。水平爆撃隊の第二波が、別の敵艦を痛打したようだ。遠方で確認することは困難だが、大型艦が燃えているのがわかった。

航空母艦なら、いいんだがな。そう考えた坂井は新たな任務へと機首をめぐらせる。

投弾を終えた陸攻隊の退避の支援だ。それには敵戦闘機の放逐が必須である。燃料が尽きるまでガダルカナル上空で粘ろう。折を見てルンガ飛行場に着陸し、補給を行えばいい。

そう考えた坂井は、ふと思い至った仮定に軽い戦慄を覚えた。もしガダルカナル島に滑走路がなかったら、これからラバウルまで飛んで帰らなければならない。

零戦は艦上戦闘機として世界最長の航続距離を

誇っているが、片道一〇〇〇キロを飛翔するのは骨が折れる。降りられる足場があることは本当に心強く、余裕が生まれた。

だからこそ、発見できたのかもしれない。ガダルカナル島上空へと向かう敵編隊の姿を。

坂井一飛曹は、それを八機のＦ４Ｆだと判断し、追跡のために急接近していった。

単座戦闘機ならば後方に機銃はない。奇襲に成功すれば、一撃で数機を屠れるだろう。

それが甘すぎる見通しだったことに坂井が気づくのは、数秒後のことであった……。

＊

『こちらは〈ワスプ〉艦長シャーマン大佐。被害状況を報告する。本艦は直撃弾一を受け、第一エレベータが陥没。機関、通信系に問題なし。なお火災は鎮火する見込み』

僚艦からの通達を耳にした〈サラトガ〉のラムゼー艦長は、航空戦力の三分の一が失われた現実に直面し、敗北を悟るのだった。

基準排水量一万四七〇〇トンと中型空母に分類される〈ワスプ〉には、エレベータが二基準備されている。

第一エレベータは島型艦橋《アイランド》のとなり、すなわち飛行甲板中央に位置している。高高度からの水平爆撃でそれが破壊されたとすれば、艦載機の離着艦は不可能だ。

「艦長、貴官はフォレスト・Ｐ・シャーマン大佐の人となりを把握しているか」

抑揚のないスプルーアンスの問いに、ラムゼーは短く答えた。

「サー。空母運用の大家です」

「ならば自艦が置かれた状況は承知していよう。戦線離脱を申し出ない意図はひとつ。被害担当艦として戦線に残り続ける気なのだ。その覇気に応じなければ、アメリカ海軍軍人ではあるまい」

背を向けていたスプルーアンスは、不意に振り返ると高らかに宣言したのだった。

「現時点をもって第六一任務部隊はガダルカナル島上陸作戦の賛助を完全に打ち切り、ツラギ占領の支援および戦力の維持に注力する」

ラムゼーは奇異なものに向ける視線をスプルーアンスに注いだ。変人と称しても失礼にはあたらない上官だが、この発言は思考の混濁さえ疑わせるものであった。

思い起こせば、どれほど業務が詰まっている日でも定刻どおりに行動することを望むスプルーアンスでさえ、昨夜は一睡もしていない。極端な緊張と興奮、蓄積された疲れで判断能力が鈍っているのではないか？

ラムゼー艦長は疑念を無理に抑え込み、

「それは職責を半ば放棄したも同然です。どうか上陸船団の指揮権の継承を宣言し、ガダルカナル占領作戦の継続を命じてください」

と言ったが、スプルーアンスはすげなく首を横に振るのだった。

「断る。この身に複雑な作戦のすべてを切り盛りする才覚などない。まずもって回避せねばならんのは、二兎を追う者は一兎をも得ず《フォール・ビィトウィーン・ツー・ストゥールズ》の愚を犯さぬこと。まずはツラギ占領を確たるものとし、余力があればガダルカナル征服に赴こうではないか」

正論と言えるかもしれなかった。ツラギ攻撃はウィリアム・ルパータス海兵准将が指揮しており、推移は順調だ。片方でも足場を固めなければ作戦そのものを失いかねない。

逡巡するラムゼー艦長に、スプルーアンスの言葉が投げかけられた。

「そのためにも、まず戦力の保全を完璧なものとせねば。輪形陣を組み直せ。〈ワスプ〉のＦ４Ｆを〈サラトガ〉と〈エンタープライズ〉で遺漏なく引き受けろ。それから駆逐艦数隻をサヴォ島の西方へ派遣し、ピケットラインを形成。海空両面の警戒を怠るな。おそらく敵艦は近いぞ」

過度な断定口調にラムゼーは食い下がる。

「ジャップの艦隊が来るというのですか」

「うむ。反撃の素早さから判断し、敵は待ち伏せしていたと考えるべきだろう。我々は罠に落ちた。こうしている間にも、有力な砲戦部隊が急接近しているに違いない」

ため息を吐き出してからスプルーアンス提督は大いに嘆くのだった。

「これで休めなくなった。昨夜から徹夜で、もう頭が回らないのだが。指揮系統の全滅を避けるためにも、私はブリッジを離れるほうが好ましいが、本艦にはまだ戦闘指揮所《CIC》が完成していない。前回の修理の際、追加設置する話もあったな……」

そのときであった。〈サラトガ〉が発進させていた飛行編隊より急報が入った。

「第三索敵爆撃隊《VS3》のクルーズ大尉より緊急電！」

「読め」

「エスペランス岬沖に敵艦隊発見。重巡三、軽巡二、駆逐艦四。空母は確認できず。サヴォ島方面へ進軍中。これより攻撃に移る！」

## 3 零戦乱舞

――同日、午前八時三〇分

「ガダルカナル島上空に敵艦爆見ゆ！　機数八。我が艦隊へと殺到中！」

装甲護衛艦〈剣竜〉にもたらされたその情報に有賀幸作艦長は吠えた。

「とうとう見つかったか。対空戦闘準備だ。二番艦〈紺竜〉と三番艦〈瑞竜〉にも伝えろ！」

手狭な艦橋に戦隊司令の声が響く。

「もとより空襲は覚悟のうえ。これまでが僥倖《ぎょうこう》であった。最終到達点たるアメリカ輸送船団の泊地まで残り五〇キロか。たとえ我らが全滅しても第二陣の突入に繋がるよう、一隻でも一機でも相手の戦力を削るのだ」

発言者は志摩清英少将であった。有無を言わせぬ断言に〈剣竜〉の戦意は高まっていく。

白昼堂々、敵船団へ殴り込みを強行したのは、旗艦〈剣竜〉をはじめとする〈紺竜〉〈瑞竜〉の第三一戦隊だった。

これに第一八戦隊の軽巡〈天龍《てんりゅう》〉〈夕張《ゆうばり》〉と第三〇駆逐隊の〈睦月《むつき》〉〈弥生《やよい》〉〈望月《もちづき》〉〈卯月《うづき》〉の四隻が随伴している。

中型と小型の軍艦九隻だ。飛来した敵機は八機と寡兵だが、油断はできない。

ミッドウェーで日本空母三隻を撃破したのも、ごく少数のＳＢＤドーントレスだった。同じ艦爆であれば、実戦で自信と実力を増幅させた手練れに違いあるまい。

だが、有賀は不思議と恐怖心は感じなかった。逆に自信めいた感情が脳裏を支配していた。ミッドウェーの窮地を切り抜けたではないか。同じことをすれば、いいだけだ。

また〈剣竜〉には新武装が追加されていた。

三年式一五・五センチ三連装砲塔である。ミッドウェー戦後、呉でドック入りした際、納品されたばかりのそれが搭載され、〈剣竜〉は軍艦としてようやく完成形となった。

数は二基。場所は二八センチ一番砲塔の背後と、二番砲塔の手前だ。これで連装と三連装の砲塔が重なる恰好となり、外見の禍々《まがまが》しさは倍増した。

それに今回は航空支援が約束されているのだ。味方空母機が来ることを信じ、勇戦あるのみ。

射撃音が後方から響いてきた。対空艦の趣が色濃い〈紺竜〉が初弾を放ったのだ。

ドイツ謹製のSKC／33こと、一〇五ミリ連装高角砲が連射される。碧空に黒点が刻まれ、爆裂音が遅れてやってきた。

命中弾は、まだない。高度四〇〇〇を飛ぶSBDドーントレスは、がっちりとした編隊を保持したまま進軍を続けている。

「本艦、射撃準備完了！」

砲術長北山勝男《きたやまかつお》少佐が叫ぶ。即座に有賀艦長も怒鳴り返した。

「対空戦闘、撃ち方始めッ！」

煙突側面に一基ずつ配置された八八ミリ単装砲SKC／32が威勢よく砲弾を撃ち上げた。

ワイマール共和国海軍では軽巡〈ケーニヒスベルグ〉などで採用されている対空砲だ。七六口径と長砲身ながら、砲命数は三二〇〇発と実用レベルであり、射撃速度も早い。

護衛艦〈剣竜〉には二基のみの搭載であったが、ここで八八ミリ砲《アハトアハト》は結果を出した。

先導する一機の真芯を捉え、抱えた爆弾ごと粉みじんに吹き飛ばしたのだ。四機ずつ二手に分かれた敵機群だが、片方の編隊は爆風で算を乱した。

そこへ追い討ちがかかる。三番艦の〈瑞竜〉と軽巡〈夕張〉が効力射を与え、もう一機を撃墜。さらに吉報は連打された。

「友軍の零戦が敵編隊に向かう！」

＊

「なんてこった！　こいつらは艦戦じゃないぞ。艦爆だ！　ドーントレスだ！」

坂井三郎一飛曹は己の迂闊さを呪った。

敵機は機首だけでなく、後方にも連装の七・七ミリ機銃を備えているのだ。四機ずつの二編隊ともなれば、弾幕が密になるのは言うまでもない。

彼の零戦は、すでに突撃態勢に入っていた。回避したところで狙い撃ちにされよう。ここは速度に賭け、一撃離脱を図るしかない。

秒単位での決断を迫られた坂井だが、一秒後に事態は急変した。

対空砲火と思われる閃光が敵艦爆隊の進行方向に炸裂したのだ。

すぐさま一機が撃破され、片方の編隊は算を乱した。残る四機は密集を維持したまま、坂井機に機銃掃射を浴びせてきた。

だが命中弾はない。数が半減し、弾幕が薄くなった結果であろう。

「助かったぞ！　しかし、こんなところに友軍のフネがいるとはな！」

坂井は零戦を急反転させて敵機群の下に潜り込むと、味方艦の姿を探した。

いた。重巡らしきものが三隻、白波を蹴立てており、複数の軽巡や駆逐艦がそれに続いていた。

「先頭は〈剣竜〉だ。間違いないぞ！」

視認できたのは一瞬だけだが、アンバランスな主砲配置ですぐに正体は看破できた。戦闘機乗りの坂井でさえ、ドイツからの輸入軍艦の存在は耳に入っていたのだ。

残念だが見とれている暇などない。坂井は操縦桿を引き、再上昇を試みた。

愛機は、この状況下でも常日頃と変わらぬ機敏さを示してくれた。

死角から二〇ミリ機銃という太刀を振るう。最右翼にいたドーントレスの翼は一刀両断にされ、木の葉のように墜ちていく。

遅ればせながら、列機である柿本二飛曹と羽藤三飛曹の零戦も到着し、戦闘に参入した。

これで大勢は決した。零式艦上戦闘機の神通力はまだ生きており、ドーントレスは攻撃に移る前に撃墜され、退避していった。一機だけダイブを強行したが、至近弾にさえならなかった。

ひとまず脅威は去った。坂井は安堵しつつ、機の状況を確かめる。

銃弾もガソリンも残りは少ない。右翼に敵弾が命中しており、穴があいているのが見えた。まだ飛行に支障はないが、先を思えば、ひとまず羽を休めるのが妥当だ。

彼は列機に信号を送り、ルンガ飛行場に着陸する旨を伝えた。その間、支援を頼むと。

低速で着陸態勢に入ると、恰好の標的になってしまうからだ。二番機と三番機もそれを承知しており、翼を振って坂井機に応じた。

即席にしてはなかなか立派な滑走路へと零戦を導きながら、坂井は直感した。

昏迷しちゃあいるが、戦運は我が方にありだ。この戦、案外うまくいきそうだぞ……。

## 4　巨艦暁に消ゆ

――同日、午前九時五分

「敵艦隊接近中！　距離二万三〇〇〇。重巡三、軽巡二、駆逐艦四。速度三〇ノット前後！」

忌わしきその通達に、戦艦〈ノース・カロライナ〉艦長フォート大佐は、痛哭《つうこく》を顔に浮かべることしかできなかった。

「ジャップの水雷戦隊だ。このままじゃトドメを刺される！」

誰かが苛立たしげに叫んだが、艦長もまったく同意見だった。

艦の状態が万全なら重巡ごときに接近など許すはずもないが、いまや〈ノース・カロライナ〉は半死半生の有様であった。

空襲による損害である。高みから落下してきた爆弾は中規模の火災が生じただけで済み、鎮火も近かったが、魚雷を二本とも左舷に食らったのが痛かった。

新鋭戦艦として設計された〈ノース・カロライナ〉には、多層式水中防御が施されており、その範囲は船体の約八〇パーセントに及ぶ。これにより魚雷に強いフネという評価を得ていた。

間の悪いことに、敵の航空魚雷が命中したのは艦首前部と艦尾だ。ここの防御は例外的に薄く、浸水もかなりの量となった。

設計時から海水が流入しても食い止められるように区画の細分化は実施されていたが、それでも駄目だった。

乗組員は東海岸で習熟訓練を重ねていたが、初陣での想定外の被弾にダメージコントロールの力を発揮できずにいたのである。

現在、発揮速力は一四ノット。傾斜は一九度。右舷バルジ内に注水し、徐々に復旧しつつあるが、まだ主砲発射は無理だ。

この状況での接敵は最悪であった。部下たちもそれを承知したらしく動揺が走る。

「落ち着け。まだ重巡の砲戦距離ではない。仮に撃って来ても本艦の装甲は貫けん。いまのうちに傾斜復元を急げ。すぐに支援艦も来てくれる」

フォートは別に空手形を切ったわけではない。もともと〈ノース・カロライナ〉は第二空母群に所属しており、直接の指揮官はトーマス・C・キンケイド少将であった。

空母〈エンタープライズ〉に乗る彼は、スプルーアンス司令官が発した北上命令に従いつつも、追随できない〈ノース・カロライナ〉を守るため、艦艇数隻を回すと明言してくれたのだ。

「友軍艦《フレンドリー》が接近中。軽巡〈アトランタ〉と駆逐艦〈ベンハム〉です！」

たった二隻だが、キンケイドは約束を守った。

それは結果的に生贄を増やす悪手となったわけだが、神ならぬフォートに迫り来る運命など看破できるはずもない。

双眼鏡を覗き込んだ艦長は、敵影から少しでも情報を得ようと試みる。

「先頭は重巡だな。三隻ともサイズは同一だし、艦橋構造物は似てるが、砲塔はバラバラらしい。あんなフネは記憶にないが、もしや……」

フォートの脳裏には《ＭＥＫＯ》という不吉な単語が浮かんでいた。ミッドウェーでデビューしたと聞くドイツ製の軍艦だ。まさかあのフネが？

　直後、見張りからの絶叫が流れる。

「敵艦発砲！　距離二万！」

　危ない間合いだった。戦艦搭載砲なら即アウトだろうが、相手が重巡なら、しばらくはもつ。

　そんなフォートの思惑を粉砕したのは屹立した水柱四本の高さであった。

　砲術を学んだフォートにはひと目で理解できた。二〇センチ砲や一五・五センチ砲のそれではない。より大きな筒先から放たれた砲弾が〈ノース・カロライナ〉を狙っているのだ。

「本艦は夾叉《きょうさ》されましたッ！」

　信じ難い一報に、フォートは最悪を覚悟した。ジャップは初弾でこちらを生贄にすると宣言したも同然ではないか……。

＊

　護衛艦〈剣竜〉の主砲は、ＳＫＣ／28と呼ばれる五二口径の長砲身砲であった。装甲艦ドイッチュラント型に採用されている二八センチ砲と同一のものだ。ただ三連装ではなく連装二基となり、門数も四門となっている。

　七〇〇〇トンという船体を思えば仕方ないが、手数の少なさは心許ない。導入前から〈剣竜〉の主砲には疑問符がつきまとっていた。

　重巡なら圧倒できるが、戦艦を相手にするには荷が重い。帯に短し、たすきに長しの喩えどおり、使い道に乏しいのではあるまいか？

　のちに〝第一次ソロモン海戦〟と呼ばれることになる一連の戦闘で、〈剣竜〉はそうした懐疑の声を吹き飛ばしたのである。

ドイツの軍艦は伝統的に列強より小口径の主砲を採用していた。砲弾を高初速で発射し、射程距離と破壊力をカバーしつつ、浮いた重量を防御力に回すという建艦思想だ。

セールストークによれば、砲戦距離二万メートル以下に持ち込めば、五二口径二八センチ砲はイギリス海軍の三八センチ砲と同等の破壊力を発揮可能とあった。

自己申告は割り引いて考えたほうが無難という意見はもっともだが、それが間違いであることを〈剣竜〉は実戦で証明したのだった。

艦長の有賀大佐はエスペランス岬を通過した際に、敵戦艦発見の一報を聞きつけるや、ただちに突撃を命じていた。距離を詰める以外に勝機は見出せないからだ。

《MEKO》シリーズの最大速力は公称三〇・五ノットだが、無理をすれば三一ノット超まで引っ張れる。

「全艦、突撃態勢。砲雷撃戦、用意！」

この時点で、有賀はガダルカナル島北岸の戦況をある程度把握していた。

航空護衛艦に分類された〈瑞竜〉が、夜明け前から五機の九五式水上偵察機を飛ばし、事態の推移を逐一報告させていたのだ。

大乱戦のさなか、水偵は一機また一機と連絡を絶ったが、敵戦艦一が被雷し、傾斜しているとの情報は入っていた。同時に、空母を含む機動部隊はサヴォ島の北方へと退避し、揚陸船舶は丸裸に近い有様であることもわかっていた。

志摩少将の《MEKO》部隊は輸送船団撃滅の命令を受けていたが、さしあたっては障害となる戦艦の排除から実施しなければならない。

護衛艦〈剣竜〉の二八センチ主砲は、最大射程三万六〇〇〇メートル前後。しかし、有賀は志摩少将に進言し、距離二万で撃つ許可を頂戴した。それ以上の遠距離から命中弾を与えても、装甲を突き破れないだろう。

やがて志摩艦隊は、黒煙が立ちのぼる敵艦の姿が視認できるまでに接近した。細い円錐形の艦橋構造物が傾《かし》いでいるのがわかる。やはり新型だ。

北山砲術長が冷静な声で告げた。

「主砲射撃準備よし。彼我距離一九《ひときゅう》」

「よし。攻撃を開始せよ!」

途端に砲術長がうって変わった口調で叫ぶ。

「撃《テッ》て!」

主の命令に敏感に反応した〈剣竜〉は、四門の二八センチ砲を盛大に撃ち放った。

もちろん斉射だ。自重三〇〇キロの弾底信管式徹甲弾が四発、虚空を飛んで敵戦艦を狙う。

初弾命中とはいかなかったが、夾叉を得られたのは大きい。要するに水柱が敵艦をサンドイッチにしたわけだ。

これは世界随一の光学技術を活用したドイツ製の測距儀と射撃指揮装置が、芸術品の域に達している事実を示していた。同時に、砲塔員が技量をあげていた動かぬ証拠でもあった。

「夾叉したか。いいぞ! どんどん撃て!」

有賀艦長の景気のよい命令に、SKC/28砲は勢いづいて砲撃を続行した。

この火砲の射撃速度は二五秒に一発だ。砲塔が軽いために旋回も素早く、修正射撃もスムーズに実施された。

命中弾が得られたのは第三斉射であった。距離一万八〇〇〇から発射された四発のうち、二発が米戦艦の煙突に命中し、破壊を現出したのだ。

徹甲弾に詰め込まれた炸薬は七・八四キロと控えめだったが、不具合はなかった。

敵戦艦の第二煙突を襲った一発は、それを根元から簡単にねじ切った。

志摩少将が双眼鏡で戦況を見つめながら、

「大物を食うには肉薄戦がいちばんだ。まさか二八センチ砲で戦艦に圧勝できるとは。ローゲ中佐がここにいれば、ずいぶん喜んだろうに」

と言うや、有賀艦長も不敵に返す。

「どうでしょうな。ユトランド沖海戦ではドイツ海軍の〈フォン・デア・タン〉が二八センチ砲でイギリス巡洋戦艦〈インディファティガブル〉を撃沈しております。別に珍しくもないと鼓吹《こすい》するかもしれませんぞ」

続く第四斉射でも一発の命中弾があった。今度は後甲板C砲塔の脇に命中し、貫通とまではいかなかったが、中規模の火災を生じさせた。

この一発こそ〈ノース・カロライナ〉の運命を密かに決するものであった。衝撃で応急注排水装置の具合がおかしくなり、傾斜復元が不可能となったのだ。

米戦艦も合戦の初期から反撃を試みていたが、四〇センチ主砲が復活する見込みはなくなった。残された一二・七センチ両用砲を乱射してはいるが、有力射にはなり得ていない。

数発が〈剣竜〉の左舷中央に炸裂し、増設していた二五ミリ機銃を銃座ごと海没させたが、それが限界だ。

これは副砲を排除した弊害であった。

二〇センチ級または一五・五センチ級の火砲が数門あれば、あるいは〈剣竜〉を撃退できたかもしれないが、設計段階からの不備を現場の努力でカバーできるはずもなかった。

　頼るものがあるとすれば友軍艦艇だけだ。

「九時方向より軽巡一、駆逐艦一が急速接近中。距離一五《ひとごう》！」

　すぐさま志摩少将が命じた。

「一万五〇〇〇か。近いな。二番艦の〈紺竜〉と第一八戦隊を向かわせよ。本艦と〈瑞竜〉および第三〇駆逐隊は敵戦艦への攻撃を続行する」

　的確な判断だと有賀艦長は思った。〈紺竜〉の主砲は連装高角砲SKC／33だ。全部で二四門も装備されているとはいえ、一〇五ミリ砲では戦艦を相手にすることなどできないだろう……。

　すぐさま〈紺竜〉は隊列を離れ、迎撃に動いた。艦長は高嶋秀夫《たかしまひでお》である。重巡〈三隈《みくま》〉の副長から栄転し、〈紺竜〉を任された海軍大佐だった。

　彼は《MEKO》二番艦の特性を熟知していた。このフネは対空特化型だ。敵艦が軽巡とはいえ、殴り合いになれば不利は免れまいと。

　しかし、実際のところ戦況は互角だった。接近する相手は〈アトランタ〉だったのだ。

　CL‐51というナンバーを打たれた彼女もまた、防空を任務とする新型艦だ。

　基準排水量は約六〇〇〇トンと〈紺竜〉より一〇〇〇トン近く軽いが、主砲の口径は凌駕していた。三八口径一二・七センチ両用砲が連装八基一六門である。

　対する〈紺竜〉は、ドイツ製の一〇・五センチ高角砲を一二基二四門搭載している。

　破壊力では〈アトランタ〉に分があるが、手数では〈紺竜〉が勝っていた。

両艦の砲撃戦は九時二七分に開始された。命中精度は互いに高く、日米の防空艦はともに派手な火炎に覆われていく。

だが、致命弾は一発もなかった。やはり軽巡を撃破するには、一二・七センチや一〇・五センチ砲では役不足だった。

戦局を動かしたのは大口径砲であった。その持ち主は第一八戦隊の〈天龍〉〈夕張〉である。

この二隻の軽巡は一四センチ砲を積んでいた。〈天龍〉が単装四門、〈夕張〉が連装二門と単装二門で六門だ。

二隻で合計一〇門の一四センチ砲が乱射され、〈アトランタ〉の総身を包んだ。距離が一万二〇〇〇を割り込んでいたこともあり、水線部八九ミリの防御装甲は手応えなしに貫通できた。

絶息させたのは軽巡〈夕張〉だ。

欧米では大型嚮導駆逐艦とみなされることも多い二八九〇トンの小型軽巡は、第五斉射で金星をあげた。〈アトランタ〉の第三砲塔に命中した一発は、三八ミリの装甲鈑を噛み切り、弾火薬庫に侵入して果てたのだ。

大爆発が起こった。乗員から〝ラッキーA〟と呼ばれていた〈アトランタ〉は、ここに爆沈という壮絶な最期を迎えたのだった。

その余波は〈ベンハム〉にも及んだ。〈天龍〉へと砲弾を浴びせていたこの駆逐艦は、あまりにも〈アトランタ〉に接近しすぎていた。

爆沈時の爆風をまともに食らい、フネが大きく傾いだところに〈天龍〉の集中砲火を受け、簡単に転覆してしまったのである。

＊

加勢に来てくれた軽巡〈アトランタ〉と駆逐艦〈ベンハム〉が逆撃に遭い、あえなく撃破される瞬間を、フォート艦長はその目で確認した。

慟哭に似た感情に襲われたが、自責の念を抱くには到らなかった。艦長にはわかっていたのだ。すぐ同じ運命が戦艦〈ノース・カロライナ〉にも訪れると。

「日本艦四隻が接近中！」

ムツキ・クラスの駆逐艦《デストロイヤー》らしい。艦が万全なら瞬殺できる相手だが、現状ではなす術《すべ》がない。

生き残りの一二・七センチ両用砲が応戦するも、すでに傾斜は二五度に迫る勢いであり、まともな射撃など無理な相談だった。

敵の狙いは一目瞭然である。燃える〈ノース・カロライナ〉に魚雷を叩き込み、海底へ誘《いざな》おうとしているのだ。

単縦陣を組んだ四隻の日本駆逐艦は、羨望すら覚えるほど見事な操艦ぶりを示し、距離六五〇〇で大きく舵を取った。

「敵艦が雷撃を開始ッ！」

即座に面舵を命じつつも、フォート艦長はこう続けるのだった。

「かわしきれない。総員ショックに備えよ」

彼は覚悟した。これが艦長として最後の命令になるだろうと……。

＊

投網を仕掛けるように魚雷を射出したのは、第三〇駆逐隊の〈睦月〉〈弥生〉〈望月〉〈卯月〉であった。

すべて大正末期から昭和初期に完成した、やや古いタイプの睦月型駆逐艦であったが、雷撃戦において不具合はない。四隻とも巡洋艦用に設計された六一センチ魚雷を搭載しているのだ。

各艦三本ずつ、合計一二本も放たれたのは八年式魚雷だった。

秘密兵器の酸素推進式ではないが、三八ノットで約一万メートルを走る。炸薬量は三四五キロ。巨艦を波間に沈めるには充分すぎた。

扇形に射出されたそれはアメリカ戦艦の左舷に三本の水柱を屹立させた。

すでに大ダメージを受けていた〈ノース・カロライナ〉は、折り重なる打撃にもはや耐えきれなかった。なんとか艦を延命させようとする努力は文字どおり水泡に帰した。

傾斜角度は六〇度を超え、そして——。

*

「敵新型戦艦、転覆！」

このうえない吉報が航空護衛艦〈瑞竜〉にもたらされたが、艦長の黛治夫大佐は鬼瓦のような形相を崩しはしなかった。

「米戦艦を沈めたのは真珠湾以来だが、浮かれてはいかん。我らの目標は輸送船なり。ここは一秒でも早く進撃を再開し、無防備な敵船団を撃滅しなければ」

黛は焦燥感を抱いていた。〈瑞竜〉には大和型戦艦の副砲にも採用された三連装一五・五センチ砲塔が三基搭載されていたが、さすがに戦艦が相手では致命傷を負わせることはできずにいた。

しかし、無防備に近い輸送船が相手なら存分に暴れられる。砲術の大家として黛は突入命令を熱望していた。

航海長阿部浩一少佐も疑念の声をあげる。

「遅いですね。全艦集結命令はまだでしょうか」

黛はあえて返事をしなかった。心中で湧き起こる疑惑と戦うのに必死だったからである。

〈戦艦、軽巡、駆逐艦をそれぞれ一隻ずつ沈めることができた。こいつは満足できる戦果だ。ここで引き返したとしても、誰も文句は言うまい。志摩少将が臆病風に吹かれなければいいが……〉

そこに生き残りの九五式水上偵察機から連絡が入った。サヴォ島北方で重巡数隻が反転し、志摩艦隊に向かいつつあるというのだ。

こいつはまずい。そう判断した黛は命じた。

「旗艦〈剣竜〉へ意見具申だ。ただちに輸送船団撃滅に着手する要ありと認む！」

組まれた電文は明滅信号で送られた。〈剣竜〉からはすぐ受領を示す信号が寄こされたが、新たな命令はなかなか来ない。

焦れた様子で阿部航海長が、

「空襲を恐れているのでしょうが、小田原評定をしている場合じゃないのに」

と言った。たしかに先ほどから敵艦戦が二機、艦隊上空にかじりついている。〈紺竜〉が再び対空護衛艦としての任務を果たすべく、高角砲の連射を始めていた。

業を煮やした黛は大声を張り上げる。

「援軍はまだか！　加勢はまだか！　空海の精鋭部隊が尖兵たる我ら第三一戦隊に続く予定だったではないか！」

吠える艦長を安堵させる電文が舞い込んだのは、それから一分後であった。

『こちら第八艦隊旗艦〈鳥海《ちょうかい》〉。これより砲撃戦に参入す。敵水上部隊は当方に任せ、三一戦隊は計画どおり輸送船団に向かうべし。なお我らの上空には山口艦隊の零戦隊あり！』

そうだ。彼らは、来たのだ。

後世の歴史家が〝鉄底海峡《アイアンボトム・サウンド》〟と呼びかわす魔の海域に……。

# 第4章 ソロモンの悪夢

## 1 多聞の野望

### ——一九四二年（昭和一七年）八月七日

太平洋戦争は、航空母艦という新兵器の扱いに筋道が立った初めての兵戈《へいか》であった。

日本海軍は真珠湾で先にそれを示したが、アメリカ太平洋艦隊も失敗からすぐさま学び、ミッドウェーで復讐を成し遂げた。

両軍ともに、これからの海戦は航空機が勝敗を決すると理解しており、ハードウェアたる空母と艦載機の開発には全力が注がれていた。

しかし、目には見えないソフトウェアの開発は、日米ともに磐石《ばんじゃく》とは言い難かった。

数を揃えなければならない搭乗員《パイロット》はともかく、彼らを監督する指揮官の育成は自主研鑽《けんさん》あるのみだったのだ。

アメリカは適材適所を標榜しており、ニミッツ提督のように二八人抜きで太平洋艦隊司令長官に就任した特例もあるが、結局は自己主張とコネがものを言った。信賞必罰も過剰であり、敗将は常に冷遇された。

いっぽうの日本海軍は年功序列制度史上主義であり、江田島の卒業席次《ハンモックナンバー》がすべてを決した。どんなに航空戦に強い者でも、順番が回ってくるまで舞台の袖で待つしかなかった。

道具としての軍用機は実用の域に達し、同時に職人たる搭乗員の腕前もあがったが、棟梁が暗愚ではまともな家など建たない。

だが、己の欠点を自覚する男が経験と根性でカバーしようと欲した場合、想定外の化学反応を呼び起こすこともある。

今回がまさにそうだった。

死線を潜り抜けた傑物は闘志のみを武器とし、戦場に舞い戻ったのである……。

＊

「長官、捷報《しょうほう》ですぞ。第三一戦隊の〈剣竜〉が敵戦艦を撃沈したもようです！」

熱情を込めた調子で報告したのは奥宮正武《おくみやまさたけ》少佐であった。第一航空戦隊の航空参謀を務める彼は、なおも勢いづいて続ける。

「これで、第八艦隊の突入は保証されたようなものです。報告を信じる限り、アメリカ艦隊に戦艦は一隻だけ。しかも上空には我が一航戦が発進させた攻撃編隊がおります。

敵空母は、まだ我らを発見していません。もはや負ける気遣いなど無用というものです」

第三艦隊所属・第一航空戦隊旗艦〈翔鶴〉の航海艦橋には熱気が充満していた。大漁の予感に誰もが酔いしれていた。

しかし、艦隊司令長官の座に就いた男だけは、まだ油断していなかったのである。

「敵を見くびるな。油断と慢心はミッドウェーの再来を呼ぶぞ。敵空母を掃滅し、ガダルカナルの確保を確実なものとするまで、我々に安寧の日々など来ない。そう心得よ」

山口多聞少将は、見せかけの余裕に酔う部下を叱責してから続けた。

「第三一戦隊には無茶をさせてしまったな。おそらく損害も出ただろう。本当は第八艦隊の突入と完璧に同調させ、敵を翻弄すべきだった」

それに応じたのは艦隊参謀長を拝命したばかりの人物であった。

「それは少し贅沢というものではありませんか。現状で作戦に破綻《はたん》は見られないのです」

樋端久利雄《といばなくりお》中佐であった。弱冠三九歳ながら、英才の誉れ高い傑物だ。山本長官が連合艦隊甲航空参謀の職を用意していたが、山口がどうしても第三艦隊にほしいとねだったのだ。

「三川《みかわ》中将の第八艦隊ですが、もともと積極的な戦闘参入を意図してはおりません。横須賀鎮守府第五特別陸戦隊の支援が任務でした。完璧なる連携プレーを求めるのは、酷というものではないでしょうか」

参謀長の発言に嘘はなかった。

重巡〈鳥海〉〈青葉《あおば》〉〈古鷹《ふるたか》〉〈衣笠《きぬがさ》〉〈加古《かこ》〉および軽巡〈龍田《たつた》〉、駆逐艦〈夕凪《ゆうなぎ》〉で編成された第八艦隊は、輸送船〈鬼怒川丸《きぬがわ》〉〈広川丸《ひろかわ》〉を護衛し、ガダルカナル島へ六一六名の陸戦隊員を送り届けようとしていた。

その途中、アメリカ艦隊発見の一報を聞きつけ、二隻の輸送船をラバウルへ反転させると、押っ取り刀で駆けつけたのだ。

第三一戦隊――すなわち志摩少将率いる《MEKO》部隊は、第八艦隊の前衛として先行していたにすぎない。山口は輸送船団撃破を要請したが、可能な限り三川艦隊との同時突入を心掛けるように忠告していた。

〈結果的に、それは無視されたようだ。〈剣竜〉の艦長は水雷戦隊出身の有賀大佐。おそらく駆逐艦と変わらぬ突撃ぶりを示したのだろう〉

表情から山口の心を読み解いたのか、航空参謀の奥宮少佐が言った。

「即席で練った作戦です。思惑どおりに進まないかもしれませんが、だとしても主力の我々が補正すればよいだけの話。我が第三艦隊にはそれだけの実力が備わっているはずです」

なるほど、手駒は揃っていた。

ミッドウェーで戦力をすり減らした第一航空艦隊の後継となるべく、新たに編成された第三艦隊には、海軍に残された主力艦の多くが抽出されていた。

この日この場に揃った艦艇は空母三、戦艦一、重巡五、軽巡一、駆逐艦八。最盛期の南雲機動部隊にも匹敵する陣立てだ。

空母は〈翔鶴〉〈瑞鶴〉〈龍驤《りゅうじょう》〉が姿を見せている。艦載機は総計一七七機。搭乗員たちも歴戦の勇士が揃っていた。

出撃目的は第八艦隊の航空支援である。当初は〈龍驤〉のみの派遣が予定されていたが、山口の強い意向で三空母の参加が決定した。

彼の発言力は海軍部内において、山本五十六なみに大きくなっていたのである。

なにしろ悪夢のミッドウェーで一矢を報いた提督なのだ。航空畑の出身でこそないが、山口はすでに空母戦のエキスパートとしての名声を確立していた。

序列から考えるならば、生還した南雲忠一中将が第三艦隊司令長官として登板してもおかしくはなかった。

南雲本人も復讐戦の機会を山本五十六に強く訴えたが、空母三隻を失った責任は重く、連合艦隊司令長官といえども情に流されるわけにはいかなかった。

山口は第三艦隊の指揮を二つ返事で引き受けたが、航空戦に関してはまだ玄人と呼べる域には達していないと自覚しており、補佐としての参謀の吟味を慎重に行った。

奥宮と樋端を引き抜いたのは、これからの対米作戦には手垢のついていない頭脳が必要と判断したからであった。

両名は短い時間のなかで効果的な作戦を立案し、山口に提示していたのである……。

「今回の接敵は幸運であったと解釈すべきです」

樋端参謀長は淡々と語った。

「第八艦隊の支援と同時に、〈翔鶴〉〈瑞鶴〉の艦載機をルンガ飛行場に一部進出させ、陸海立体作戦の礎《いしずえ》にする手筈でしたが、敵軍が拙攻という道を選んでくれました」

その言葉にごまかしはなかった。米豪連絡線の切断には、ソロモン諸島の制海権確保が絶対条件となる。ガダルカナル島に完成したルンガ飛行場こそ、勝利への鍵であった。

この航空基地を維持し、運用しなければ、オーストラリアの孤立は実現しない。日本の攻勢限界線ギリギリに位置するそこを死守するには、やはり空母艦隊との連携が必須だ。

奥宮航空参謀が力強く続いた。

「ガダルカナルを不沈空母とし、長期持久戦の態勢を整えることが出撃の真の狙いでありましたが、相手が望むのであれば、ここで手合わせをするだけです」

彼は急降下爆撃戦法の権威であり、自ら操縦桿を握ることもあった。第四航空戦隊航空参謀としてアリューシャン作戦にも参加しており、戦場の匂いを嗅ぎ取る感覚にも長けていた。

「だが、敵空母が消えた。慎重にやらぬと珊瑚海海戦と同じ轍《てつ》を踏むことになってしまうぞ」

山口の指摘は残念ながら真実であった。

黎明よりガダルカナル島周辺の敵情は断片的に舞い込んでいた。敵艦隊に空母三隻が含まれていることは明らかだったが、いつの間にか索敵網から外れてしまい、居場所を見失っていた。

このときスプルーアンス艦隊は敗色濃い戦場に居座ることの愚を悟り、サヴォ島の北西へ移動しつつあったが、山口たちはまだその情報をつかんでいなかったのである。

再び奥宮が語気を強めた。

「間近に米空母がいるのは確実です。二時間前の位置から推測はできます。しかも、うち一隻は被弾炎上中であり、発見は容易なはず。一網打尽にする好機ですぞ」

誘惑に抗《あらが》うかのように、山口はまだ慎重な姿勢を崩さなかった。

「米空母の回復力が異様なことはミッドウェーで思い知らされたばかりだ。損傷した空母もすぐに復活するとの前提で動け。我らは、もう空母を失うわけにはいかん。

やはり〈飛龍〉が修理中なのが痛い。艦載機がもう五〇機もあれば、より豪胆な作戦に打って出れたのだが」

その声に誰もが沈黙した。

建造に年単位の時間を要する正規空母は帝国海軍にとって至宝そのものだ。艦隊決戦に投入できそうな空母は、まだ〈瑞鳳《ずいほう》〉〈隼鷹〉〈飛鷹《ひよう》〉などがいたが、いずれもトラック島への回航途中にあり、今回の出撃には間に合わなかった。

積極策をよしとする山口でさえ、石橋を叩いて渡らざるを得ない。

逡巡の空気が満ちる〈翔鶴〉の航海艦橋に新たな情報が届いたのは、時計の針が午前九時二〇分を指した頃であった。

情報源は重巡〈鳥海〉だ。第八艦隊の三川軍一《ぐんいち》中将より戦況報告が入ったのだ。

『現在、アメリカ重巡戦隊と交戦中。敵艦二隻を撃破。当方も〈衣笠〉が被弾炎上。敵機多数来襲せるも、零戦隊の直掩により損害軽微。なお敵空母らしきもの、フロリダ島北方へと逃走中。第八艦隊はこれを追尾、撃滅せんとす!』

これで迷う理由などなくなった。樋端参謀長も強い口調で勧める。

「長官、もう座視は許されません。いま動くべきです。それも全力出撃を強く推奨します」

その発言に背を押された山口は、ついに決断を下すのだった。

「航空参謀、第八艦隊の上空にいる零戦は?」

「三六機です。我が艦隊の残数は〈龍驤〉のものと合わせて四二機となります」

「艦爆と艦攻の出撃準備はどうか?」

「対艦装備で待機中です。敵艦隊までの距離は約一一〇キロ。三五分前後で到達できます」

「遅い。各飛行長に命じて巡航速度をあげさせろ。燃料不足になったらルンガ飛行場に降ろせ」

山口多聞はミッドウェーの借りを返すべく、戦鬼となる覚悟を示したのであった……。

## 2　提督の決断
――同日、午後九時二〇分

「敵重巡二番艦に魚雷命中！」

景気のよい戦況報告に、第八艦隊旗艦〈鳥海〉の艦橋は興奮の坩堝《るつぼ》と化していた。

「本艦が射出した九三式魚雷です。炸薬は七八〇キロ。命中すれば、たとえ戦艦でも浮いていられませんぞ」

嬉しげに言ったのは艦長の早川幹夫《はやかわみきお》大佐だ。

彼の言ったとおり、巨大な水柱が収束したあとには藻屑しか残されていなかった。文字どおりの爆沈であった。

「総員へ通達せよ。敵艦撃沈を確認。本艦の雷撃効果絶大なり」

外南洋部隊指揮官である三川軍一中将は、戦況が有利に傾きつつある実感を味わいつつ、さらに命令を重ねるのだった。

「二番艦を屠ったのは大きい。これで敵の隊列は乱れるだろう。艦隊速力三二ノットへ増速。単縦陣を崩すな。立て直す暇を与えてはならんぞ」

重巡〈鳥海〉が沈めたフネは、オーストラリア海軍の〈キャンベラ〉であり、その命を絶ったのは軍機扱いの九三式酸素魚雷であった。

速度調節しだいでは三万メートル以上走るが、昭和一七年二月末日に惹起したスラバヤ沖海戦の戦訓から、長距離戦《ロングレンジ》では命中率が悪いとの評価が定まっており、早川艦長は七五〇〇メートルからの雷撃を命令していた。

可能ならば五〇〇〇を切りたかったが、白昼の海戦である。距離を詰める前に被弾する可能性も高い。魚雷が誘爆して沈没した軍艦の前例など、いくらでもある。

最大雷速で四分三〇秒。当たるかどうか微妙な間合いだったが、相手が無警戒だった。

敵重巡部隊は《MEKO》部隊の追尾に血道《ちみち》をあげており、三川艦隊の捕捉が遅れたのだ……。

このとき三川艦隊と激突したのは、米豪連合の護衛艦隊であった。

指揮官は英国海軍少将ビクター・A・クラッチレー。第一次大戦《グレートウォー》では戦艦〈センチュリオン〉に乗り、ユトランド沖大海戦にも参戦した歴戦の勇士だ。

対日戦勃発後は人材不足のオーストラリア海軍にレンタル移籍し、ガダルカナル占領作戦に参加していた。クラッチレーは護衛艦隊の南方部隊指揮官を一任されていたのだった。

旗艦〈オーストラリア〉とその同型艦〈キャンベラ〉はオーストラリア海軍所属だが、重巡〈シカゴ〉と駆逐艦〈パターソン〉〈バークレー〉はアメリカ海軍の軍艦だ。

ここで連合軍特有の問題が生じた。同じ英語圏でありながら、意思疎通の困難さが露呈したのである。

揚陸作戦総指揮官のターナー提督と連絡が取れなくなると同時に、クラッチレーは上位命令権者が戦死したと判断し、指揮権は自らに移譲したと宣言した。

これを認めたくはないアメリカ側との間に溝が生じるのは当然と言えた。太平洋艦隊の三隻は追随が遅れ、豪州艦二隻が突出する恰好になった。

三川艦隊は後方からその側面を突いたのだ。

投入した酸素魚雷は、連合国海軍が〝青白い殺人者〟と呼びかわすとおり、航跡が皆無に近く、速度も四九ノット超と速い。

発見できたときには手遅れだった……。

「敵艦隊先頭艦に命中弾！」

それは二番艦〈青葉〉と三番艦〈古鷹〉の戦果であった。この二隻は雷撃も実施したが命中魚雷を得ず、連装三基六門の二〇・三センチ砲の連打が敵艦に火災を強要したのだ。

生贄《いけにえ》に選ばれたのは旗艦〈オーストラリア〉であった。イギリス本国で建造されたケント型重巡の一隻だ。

いかにも大英帝国海軍の軍艦らしく、航続距離を優先順位のトップに据えていたため、防御力がやや犠牲となっていた。

距離六〇〇〇メートルから放たれた日本重巡の砲弾に殴られた〈オーストラリア〉は、六〇秒と経たずして火だるまとなった。客船を連想させる細長い三本の煙突はいずれも倒壊し、黒煙が全艦を覆い尽くした。

それでも四基の二〇・三センチ連装砲は無事であり、果敢に反撃が行われた。四番艦の〈衣笠〉に命中弾を与え、甲板に火災を引き起こしたが、抵抗はそこまでだった。

砲戦に乗り出した〈鳥海〉が、複数の直撃弾をもたらした結果、〈オーストラリア〉は浮かぶ屑鉄に姿を変えた。

イギリスがオーストラリアへと供与した二隻の重巡は、ここに相次いで失われたのだ。

「北北東一万九〇〇〇に敵の別働隊！　重巡四、

駆逐艦四！」

息を整える暇さえなく新手がやって来た。

三川中将は、ここで迷いを示した。本来なら《MEKO》部隊こと第三一戦隊に続き、ルンガ沖にたむろする輸送船団を攻撃しなければならない。それが作戦の趣旨であった。

しかし、接近中の敵艦隊を放置すれば背後を衝かれよう。手筈どおり山口艦隊から空母機が来れば撃破可能だが、まだ攻撃編隊は確認できない。

飛来したのは零戦が二十数機のみだ。艦隊上空に張りつき、制空権確保に尽力してくれている。おかげで敵機は三川艦隊へ接近すらできない。

「志摩艦隊から連絡はないか」

視界の隅に燃え盛る輸送艦隊らしき代物が確認できる。ドイツ製の護衛艦は奮戦している様子だ。間合いは三万弱といったところだろう。

やがて吉報が舞い込んだ。志摩少将が座乗する〈剣竜〉からの入電である。

『第三一戦隊は敵輸送船団突入に成功す。すでに大型船四を撃破、残りは撤退中。周囲に戦闘艦艇なし。抵抗はきわめて微弱。加勢の要を認めず』

獲物を横取りするなと宣言しているかのような物腰だが、標的たる船舶が残り少ないことは確実らしい。

ここで〈鳥海〉以下の重巡戦隊を突入させても戦果は稼げまい。ならば、迫り来る脅威対象に立ち向かうほうが利口だろう。

早川艦長も同じ結論に達したらしく、こう語るのだった。

「誰でも狩れる輸送船など余所《よそ》さまにくれてやりましょう。軍艦の砲口はやはり軍艦に向けられるべきです」

その直後、〈青葉〉が発進させていた九四式水上偵察機から連絡が入った。

『敵重巡戦隊の後方六万に空母三を確認！』

すぐさま海図で確認させると、相手の意図が読めた。敵空母はツラギ島と、その北にあるサンタイサベル島の間に逃げ込む気らしい。

もう迷わない。狩猟本能を全開にした三川は、こう吠えるのだった。

「我が艦隊はこれより敵重巡戦隊を殲滅し、その先の敵空母と刺し違える。損害に構うな。脱落艦は放置し、前進あるのみだ。全軍突撃せよ！」

## 3 クルーザー・バトル
――同日、午後九時五二分

「日米巡洋艦同士の殴り合いか。こっちが六隻で向こうが四隻。血湧き肉躍る光景だな」

翼下で展開中の激戦を眺めていたのは、坂井三郎一等飛行兵曹であった。

彼の零戦はガダルカナル島のルンガ飛行場にひとまず着陸し、給油をすませて再出撃していた。

腕のいい整備兵がいてくれたおかげで、被弾した翼端の応急処置も終わっている。操縦桿を荒っぽく動かしてみたが空中戦にも支障のない状態だ。

米軍機は少数ずつちょっかいをかけてきたが、山口艦隊から飛来した零戦隊が追い払い、味方の重巡に目立つ損害はなかった。

これに坂井ら台南航空隊の戦力も加わった結果、ガダルカナル北方海域の制空権は日本側に転がりこもうとしていた。

喜ばしい現実だが、坂井の脳裏にはふと疑問が生じた。アメリカ太平洋艦隊の戦意と反骨精神は並大抵のレベルではないはずだ。

まだ敵艦隊には航空母艦がいるじゃないか。なぜ沈黙を守る？　なぜ反撃を実施しない？

疑問が氷解する前に、眼下の艦隊が激闘を開始した。敵機が来ない以上、零戦乗りの坂井にできるのは監視だけだ。砲煙と爆炎が連鎖する様子は高度二二〇〇からでもはっきりと確認できる。

「まさに絶景だな。特等席から大砲撃戦を見物できるとはツイてるぞ！」

坂井の独白どおり、それは海戦史上に明記されるべき砲雷撃戦であった。

ほぼ互角の勢力が、煙は見えるが雲はない海上でがっぷり四つに組んで激突したのだ。

三川艦隊は重巡五、軽巡一、駆逐艦一。

対するアメリカ重巡戦隊はフレデリック・F・リーフコール大佐が指揮しており、重巡四、駆逐艦四で構成されていた。

ただし、両軍とも万全とは言い難い。

日本側は〈衣笠〉が被弾しており、第三砲塔が使用不能となっていた。加えて駆逐艦が〈夕凪〉一隻のみという点も不安材料だ。

相対するアメリカ側は、指揮系統が一本化していないという軫憂《しんゆう》があった。

重巡〈ビンセンズ〉〈クインシー〉〈アストリア〉と駆逐艦〈ウィルソン〉〈ヘルム〉は、〈ビンセンズ〉艦長でもあるリーフコール大佐が率いていたが、重巡〈シカゴ〉と駆逐艦〈パターソン〉〈バークレー〉は戦死した英将クラッチレー提督の指揮下にあり、なし崩し的に合流したにすぎず、スムーズな艦隊運動など無理な話だった。

こうした戦局で勝敗を分けるのは、今も昔も士気である。そして、三川艦隊のそれは天を衝かんとしていた。

なにせ豪巡二隻を屠ったばかりなのだ。乗員員はまだ多くの生贄を欲していた。しかも進軍方向の彼方に米空母がいると聞かされれば、血に飢えた野獣と化して当然であろう。

かたやリーフコール艦隊はスプルーアンス少将から、機動部隊が退避するまでの時間を稼げと命じられたにすぎない。

つまりは第六一任務部隊の首脳陣を脱出させるための捨て石にされたわけだ。これで戦意が満たされる者など、そうそういない。

両者の間に生じた微差は、やがて大差となって具現化していく。その一部始終を坂井一飛曹は神の視点から俯瞰《ふかん》していたのである。


砲撃戦の火蓋が切られたのは、相対距離が一万五〇〇〇メートルを切ったときであった。

先手を取ったのはアメリカ艦隊だ。〈ビンセンズ〉〈クインシー〉〈アストリア〉が艦首側の主砲を発射したのである。午前一〇時五分の出来事であった。

三隻はいずれもニューオリンズ型重巡で、三連装三基の二〇・三センチ砲を保有している。雷装こそないが、砲力は折り紙つきだ。

しかし、命中しなければ意味はない。米海軍の初弾は水柱を乱立させただけであった。

やや遅れて、旋回を終えた〈シカゴ〉も砲撃に参加する。こちらは少し旧式のノーザンプトン型だが、主砲の構成は〈ビンセンズ〉らと同等だ。合計で三六門の二〇・三センチ砲が三川艦隊へと向けられたことになる。

対する日本側も条約型重巡に許された最大口径の主砲、すなわち二〇・三センチ砲塔で固めていたが、数は劣勢だった。

旗艦〈鳥海〉こそ連装五基一〇門だが、残りは連装三基六門だ。しかも被弾している〈衣笠〉は四門しか撃てない。

勘定すれば三二門。リーフコール艦隊とは四門の差だが、それは突出していた駆逐艦〈夕凪〉によってたちまち埋められた。

神風《かみかぜ》型駆逐艦九番艦の彼女は、就役後一七年が経過する老朽艦ながら、なお意気盛んであった。

駆逐艦長の岡田静一《おかだせいいち》大尉は、実のところ突撃命令を受信していなかった。魚雷戦を敢行したのは独断である。

旗艦〈鳥海〉が発した隊内無線は超短波《VHF》を用いており、その送受信装置は重巡以上の軍艦にしか搭載されていなかった。軽巡〈龍田〉と〈夕凪〉には指示が届かず、自らの判断で先行したのだが、それが奏効した。

射出されたのは圧搾空気方式の六年式魚雷だ。最新鋭ではないが、それでも三六ノットで七〇〇〇メートルを走る。枯れた技術の集大成であり、兵器としての安定度や信頼性の点では新型の酸素魚雷よりも手堅い。

疾走した六本の魚雷のうち、一本が〈シカゴ〉の舳先《へさき》を食いちぎった。

爆発と同時に艦首を一〇メートル近く切断された基準排水量九三〇〇トンの米重巡は、すぐさま航行不能に陥った。沈没こそしなかったが、もう砲戦を継続できる状況ではない。

意気あがる〈夕凪〉であったが、やがて代償を求められるときがやって来た。

同じ駆逐艦である〈ウィルソン〉〈ヘルム〉〈パターソン〉〈バークレー〉が、身の程を知れと言わんばかりに殴りかかってきたのだ。

特にDD－392〈パターソン〉とDD－386〈バーグレー〉の砲撃が凄かった。

駆逐艦らしからぬ巨大な一本煙突を持つ二隻の同型艦は、単装四基の一二・七センチ砲を乱射しつつ、雷撃戦に移行した。

四連装四基の五三・三センチ魚雷発射管のうち、左舷側から魚雷を八本ずつ投射したのだ。

一六本の魚雷が放射状に〈夕凪〉の行く手を塞いだ。小回りが利く駆逐艦であっても、すべてを回避するのは不可能だった。

命中魚雷は二本。それで排水量一二七〇トンの〈夕凪〉は即死だった。低い艦橋の数倍に匹敵する水柱が立ち昇り、やがて消え去ると、あとには残骸さえ残っていなかった。

壮烈なる最期だが、〈夕凪〉の玉砕は無駄ではなかった。アメリカ駆逐艦は〈夕凪〉に集中するあまり、本来魚雷を突きつけるべき日本重巡戦隊には一指も触れられなかったのだ。

この間隙を縫うように三川艦隊は三二ノットまで増速すると、距離を九〇〇〇まで詰め、速攻を開始した。

ここで奮起したのは〈古鷹〉〈加古〉の姉妹であった。二隻は共同で三番艦の〈アストリア〉をつるべ打ちにした。距離八〇〇〇メートルからの射撃である。命中弾は一〇発を超えた。

このCA－34〈アストリア〉だが、実は日本と所縁《ゆかり》が深いフネであった。

開戦前、アメリカで客死した斎藤博《さいとうひろし》駐米大使の遺骨を、東京まで送還してくれた恩義があった。

本来なら沈めたくない軍艦だが、これもまた戦争の悲劇である。

まず〈古鷹〉の二〇・三センチ砲弾が、重巡にしては高い乾舷に突き刺さり、貫通して果てた。艦尾の電力系統が全滅し、C砲塔が沈黙した。

続いて〈加古〉の放った第三斉射がB砲塔の基部に命中し、旋回不能となり果てた。

生じた火炎でA砲塔が炙《あぶ》られ、熱波にやられた砲員らが逃げ出す始末だった。ここに〈アストリア〉は戦力を全損したのである。

残るCA-44〈ビンセンズ〉とCA-39〈クインシー〉は意地を示した。冒頭から砲撃を継続していた二隻は、的確な修正射撃を実施し、復讐を成し遂げた。

やられたのは〈青葉〉だ。被弾箇所はいずれも艦中央。まずは後部マストが飴細工のように折れ曲がり、次に第二煙突の根元に突き刺さった一発が第六ボイラーまで到達して炸裂した。

爆炎はカタパルトの端までくまなく覆い、たちまち〈青葉〉は業火に包まれてしまった。

乱戦のなか、三川艦隊も反撃に転じた。まだ無事だった〈鳥海〉〈古鷹〉〈衣笠〉が砲門を向け、猛射を開始したのだ。

この段階で、互いの距離は六〇〇〇メートルを切ろうとしていた。主砲だけでなく、各艦は高角砲や機銃までも動員し、攻撃を続行した。

ここで露呈したのは、米重巡の脆《もろ》さだった。調度品には木製が多く、床には可燃物のリノリウムが貼られている。航空ガソリンも搭載したままだ。火がつくと手の施しようがなかった。

多数の命中弾を受けた〈ビンセンズ〉と〈クインシー〉は、両艦とも消火不能なレベルの猛火によって焦げついたのだった。

もちろん、一方的だったわけではない。相応の出血は求められた。

この場面で戦局に一石を投じたのは、旗艦〈ビンセンズ〉のリーフコール艦長であった。

カリフォルニアの山火事をしのぐ勢いで燃え盛る艦上において、艦長は左肩を負傷しつつも闘志を棄てず、砲撃を続行せよと命じた。

怒りの砲弾が〈古鷹〉をしたたかに打ち据えた。命中した場所が最悪だった。艦橋だ。

荒木伝《あらきつとう》艦長が意識不明の重体となり、首脳陣も全滅に近いダメージを受けた。平賀譲《ひらがゆずる》造船大佐が世界を驚嘆させた条約型重巡は、こうして半死半生の状態に追いやられたのだった。

砲撃戦という宴を観戦していた坂井一飛曹には、激戦の様子が手に取るようにわかった。

「日本海海戦のような完勝とはいかなかったか。得意の夜戦なら圧勝できたかもしれないのに」

部外者の負け惜しみと断罪するのは容易だが、この段階におけるアメリカ海軍の夜戦能力は実にお寒いものであった。それが判明するのは三週間後のことである……。

ともあれ敵重巡四隻を撃沈もしくは戦闘不能に追い込んだのだから、優勢には違いない。代償が許容範囲を越えていただけである。

三川艦隊も〈青葉〉と〈古鷹〉が大破し、〈夕凪〉が沈没した。まだ〈鳥海〉〈衣笠〉〈加古〉、そして軽巡〈龍田〉は戦闘可能だが、いずれも小破している。

「敵艦は……まだ駆逐艦が四隻も無事らしいな。うん？　こいつはいかんぞ！」

坂井は反射的に機体を緩降下させた。アメリカ駆逐艦四隻が単縦陣を組み、〈鳥海〉へと急接近を試みているではないか。

雷撃戦で一矢を報いる気だ。あくまで砲撃を継続した〈ビンセンズ〉の戦意が伝播したのだろう。

爆装していない零戦一機では足止めなどとても無理だが、味方への注意喚起にはなる。

坂井が攻撃対象とした先頭艦は、ＤＤ‐４０８〈ウィルソン〉だった。

ベンハム型駆逐艦の最終艦で、機関と海面の状態がよければ四〇ノットを発揮できる高速艦だったが、降下時に三〇〇ノットを超える零戦に狙われて逃げられるはずもない。

高度五〇メートルまで下げ、彼方に浮かぶ駆逐艦へと、二門の九九式二〇ミリ固定機銃を撃ちっぱなしにする。

弾数は一〇〇発。ルンガ飛行場で補充を受けておいて助かった。そのすべてを使い切る覚悟で猛射を続ける。

手応えが、あった。

敵艦を右前方から斜めに横断しつつ機銃掃射を加えたところ、二〇ミリ機銃の破壊力には釣り合わないレベルの爆発反応が生じたのだ。

背後に熱と光を感じた坂井は、首をねじ曲げて視界を確保する。驚いたことに駆逐艦が派手に炎上していた。

「どこかしら弱点にでも当たったのかな。こいつはきっと天佑だ！」

坂井の叫びは真実を突いていた。彼の機銃掃射は〈ウィルソン〉の四連装五三三ミリ魚雷発射管を射貫いていたのである。

戦艦さえも撃破できる爆発力が作用したのだ。

駆逐艦ごときに耐えられるはずもない。

これはまったく偶然の戦果だが、別に絵空事ではない。過去に同様の事例があった。

開戦劈頭《へきとう》のウェーク島攻略戦において、駆逐艦〈如月《きさらぎ》〉はＦ４Ｆワイルドキャットの機銃掃射を受けて魚雷が誘爆し、総員戦死という最期を遂げている。ここに歴史は繰り返したのだ。

残る敵駆逐艦は三隻。先頭艦が爆散した影響を最小限に食い止めるべく、〈パターソン〉〈バークレー〉〈ヘルム〉は一斉に舵を切った。

まだ魚雷戦をあきらめてはいないのだ。

三川艦隊の残存艦が態勢を立て直し、砲門をそちらに向けようとした刹那《せつな》、〈ヘルム〉に異変が生じた。

前触れもなしにブリッジが爆散したのだ。船体は数秒で大きくねじ曲がり、艦首と艦尾が海面から露出した。無様に回転を続けているスクリューまでも確認できた。

爆沈だ。どの艦の砲撃だろう？

視線を周囲に走らせた坂井は、すぐに手柄を立てたフネを見いだした。

正体はひと目でわかった。巡洋艦の船体に巨砲《おおづつ》を無理やり搭載したドイツ製の新鋭艦だ。

「あれは〈剣竜〉だな。水上機母艦の〈瑞竜〉もいるぞ。援軍が来たんだ！」

＊

「本艦の初弾命中す。敵駆逐艦爆沈！」

砲術長北山勝男少佐が発した戦果報告に、装甲護衛艦〈剣竜〉の乗組員は気炎をあげた。

無抵抗に近い輸送船より歯応えのある戦闘艦のほうが価値のある相手だ。そう信じる者が大多数だったのである。

だが、艦長の有賀幸作大佐は懐疑的であった。

敵の輸送船団には獲物が残っていた。まだ粘ったほうがよくはなかったか？

ルンガの揚陸地点で大暴れした〈剣竜〉だが、敵船団の抵抗は皆無に等しく、大多数のマストに白旗が掲げられた時点で、志摩清英少将は新たな指示を下した。

残敵掃討と降伏船の捕獲に対空護衛艦〈紺竜〉と軽巡〈天龍〉〈夕張〉、そして第三〇駆逐隊の四隻を残し、〈剣竜〉と〈瑞竜〉は北西へ急行。三川艦隊の支援にあたれと。

（いかなる場面でも戦力分散は悪手なり。まずは徹底して輸送船団を潰すべきだった。勝利を確定させるべきだったのではないか）

有賀の表情を見抜いたのか、志摩少将が横からこう述べた。

「距離一万一〇〇〇から初弾を命中させるとは、我が砲員の技量は実戦で磨き抜かれたようだね。ならばそれを生かすべきだ。

ここはあえて虎穴に入り、米空母を討ち取る機会に賭ける。米豪連絡線さえ遮断すれば、太平洋戦争の帰趨《きすう》は定まるのだから」

不意を衝かれた有賀艦長であった。志摩少将は戦場ではなく、戦争を見据えているのだ。

「〈瑞竜〉黛艦長より入電。雑魚《ざこ》は本艦に任せ、三川艦隊との合流を急がれたし。二八センチ砲で駆逐艦を撃つは牛刀割鶏《ぎゅうとうかっけい》そのものなり！」

その直後、〈剣竜〉を左舷から追い抜く恰好で〈瑞竜〉が戦場に乱入してきた。

速度は三〇・五ノット。航空護衛艦だが、前甲板に三連装の一五・五センチ砲塔を三基搭載している。高角砲しか持たない〈紺竜〉より砲撃戦では格段に有利。それを知るからこそ、志摩少将も同行を命じたのだ。

九門の主砲が乱射され、米駆逐艦を襲う。残る二隻、すなわち〈パターソン〉と〈バークレー〉が生贄に選ばれた。

まず〈パターソン〉が六発もの直撃弾を浴び、火葬に処された。六〇口径三年式一五・五センチ砲は毎分五発と発射速度が速く、相手に回避の猶予を与えなかった。

続いて〈バークレー〉が狙われた。こちらは逃走に入っていたため、〈瑞竜〉の砲撃は至近弾にとどまったが、〈剣竜〉の副砲に絡め取られた。

これは〈瑞竜〉の主砲と同一の一五・五センチ砲だ。二八センチ主砲よりも破壊力には劣るが、即応性は抜群である。

それが〈バークレー〉の艦尾を砕いた。申し訳程度の装甲を食い破り、機関室に突入した徹甲弾は一撃で駆逐艦の推進力を奪い去った。

行き足が止まったところへ〈瑞竜〉の攻撃が始まった。満水排水量二三五〇トンの駆逐艦が沈むまで、五分とかからなかった。

「総員へ告ぐ。敵艦隊全滅。繰り返す。敵艦隊は全艦戦い難くなり果てた」

万歳の絶叫が艦のそこかしこから響いた。戦勝の放送を終えた有賀艦長も、興奮を押し殺すのに必死だった。

そのとき、重巡〈鳥海〉より通信が入った。

『救援に感謝す。すみやかに単縦陣を組み直し、本命の米空母討伐に赴くべし。第八艦隊司令長官三川軍一』

無難な返電を準備させようとした有賀艦長であ

ったが、志摩の発言でそれを思いとどまることになる。

「それほど急《せ》く必要はなさそうだね。見たまえ。サヴォ島の彼方を」

碧天の一角に黒点がいくつも見えた。それは秒単位で増殖していくではないか。明らかに敵軍の対空砲火の痕跡である。

「そうか。とうとう本命が来たのですな」

有賀は真実を言い当てていた。

山口機動部隊の攻撃隊による大規模空襲が始まったのだ。

## 4　空母無惨

――同日、午後一〇時五分

空母〈翔鶴〉〈瑞鶴〉〈龍驤〉を出撃した戦爆連合一二六機は、発進後二三分でスプルーアンス艦隊上空に殺到した。

内訳は零戦三〇機、九九艦爆五二機、九七艦攻四四機である。上空直衛に零戦を一二機だけ確保させ、残りは総力投入であった。

編成を担当したのは参謀長の樋端久利雄中佐だ。完璧主義者の彼は攻撃隊に、とある秘策を授けていた。

時間差攻撃がそれである。

零戦隊を先行させ、敵の護衛戦闘機を引き剥がしたあと、急降下爆撃で空母の飛行甲板を破壊し、雷撃隊が息の根を止める。

徹底した分業を強いるわけだが、分業は単純化に繋がり、単純化こそが成功の鍵となる。樋端は過去の実績からそう考えていた。

重慶爆撃作戦後期、第一五飛行隊を率いていた樋端は偵察機からの情報に基づき、中国空軍の迎撃機が着陸するタイミングを見計らってから、爆撃隊を突入させていた。

新聞はこれを『樋端ターン戦法』と呼び、彼を爆撃の神様とまで賞賛していたのである。

つまり、成功例の再現を狙ったわけだ。複雑な戦術だが、それを成し遂げるだけの技量を持つ搭乗員や指揮官が第三艦隊には揃っていた。

特に〈瑞鶴〉の飛行長は源田実《げんだみのる》中佐である。真珠湾攻撃の立役者であり、第三艦隊の編成にも携わっていた彼は、ミッドウェーの失点を挽回すべく、この一戦を重視していた。

樋端の面倒な指示を完璧にこなせば、米空母を潰せる。損耗率が高いことは覚悟しなければならないが、ここは賭けてよい場面だ。

作戦に同意した源田は、部下たちに時間差攻撃の厳守を命じたのだった。

その目論見は成功した。零戦隊はF4F－4戦闘機と互角以上に渡り合い、結果として敵空母上空はガラ空きになった。

対空砲火以外は無抵抗となった空母へと、九九艦爆が逆落としをかけていく。

最初に狙われたのは第三空母群の〈ワスプ〉であった。一式陸攻の水平爆撃により、すでに被弾していたが、抜きん出たダメージ・コントロール能力で消火は完了し、速力も二七ノットが発揮可能となっていた。

そんな努力を嘲笑《あざわら》うかのように、無慈悲な対艦爆弾が中型空母に叩き込まれていく……。

味方空母が断末魔を迎えている様子はCV－3〈サラトガ〉のブリッジからも望見できた。

悔しいことに敵機来襲は予見できていた。新装備の対空レーダーCXAM‐1が、明確に敵影を捉えていたのだ。

だが、打てる手は少なすぎた。メンバーが悲痛な表情に沈むなか、違和感を覚えるほど冷静な声が流れる。

「そう気に病むな。すでに〈ワスプ〉はエレベータが大破し、艦載機の運用はできなくなっていたではないか。第三空母群指揮官のリー・ノイエス少将は将旗を〈ソルトレイク・シティ〉に移している。実損は少ない」

実利主義を極めたスプルーアンス少将の発言に、ラムゼー艦長は恐怖さえ覚え始めていた。この男、敵に回すと恐ろしいかもしれないが、味方につけたほうが、より厄介な輩《やから》だ。

数秒後、傍観者の特権を剥奪される一報が不意にやって来た。

「ジャップの急降下爆撃機！　本艦直上！」

駄目だ。ラムゼー艦長は被弾を覚悟した。

九九艦爆《ヴァル》に接近を許した段階で負けなのだ。護衛に従事する重巡戦隊を南方へ分派し、対空砲火の密度が下がっていたのも敗因のひとつだろうし、上空直掩のF4Fがゼロ・ファイターと戯《たわむ》れていたことも悪手だった。

いまさらながら、対空砲火が倍増された。艦橋構造物と巨大な煙突の前後に二基ずつ配置された高角砲が猛威を発揮する。

それは三八口径の一二・七センチ連装砲だ。

かつては砲戦を想定し、二〇センチ連装砲塔が装備されていたが、前回の改造で対空射撃に秀でた小型砲に換装されていた。

九九艦爆を二機砕いたが、それが限界だった。

残る七機は妬ましいほどの操縦ぶりを示し、スプルーアンス艦隊の旗艦に対艦爆弾の豪雨を降らせていく。

命中弾は三発。合計七五〇キロもの異物が落下してきたのだ。〈サラトガ〉は全艦を激しく振動させ、のたうち回った。

厄災は別の航空母艦にも訪れていた。

ラムゼー艦長は揺れる視界の彼方で、味方空母が同様の運命に見舞われているのを認めた。

それは〈ワスプ〉ではなかった。第二空母群の〈エンタープライズ〉だ。栄光のミッドウェーで勝利の原動力となった歴戦艦が、やはり急降下爆撃機の獲物となり果てていた。

「本艦は、まだ沈まんぞ！　三万六〇〇〇トンの鉄塊がそうたやすく沈んでたまるものか！」

部下たちを静めるため、ラムゼーはあえて叫ぶ。

「被弾報告を急げ。どこをやられた！」

すぐにバーゴイン副長が各部からの通報をまとめてくれた。

「飛行甲板が炎上中です。敵弾は装甲を貫通して炸裂したもよう。幸い格納庫《ハンガー》には一機も残っておりませんでした。よってレディ・レックスと同じ運命だけは回避できます」

それは珊瑚海海戦で沈没した姉妹艦〈レキシントン〉のことだ。

飛行機格納庫はヨークタウン型のような開放式《オープン》ではなく、密閉式《クローズド》であったため、漏れ出した航空ガソリンの逃げ場がなく引火爆発したわけだが、その愚は犯さずにすむだろう。

「空中退避させておいて正解だった」

木訥《ぼくとつ》とした口調でスプルーアンスが言った。

「ミッドウェーで日本空母が炎上したのは、格納庫の機体が誘爆したからだ。空襲を見越して全機を燃料満タンにし、爆装させて発進させたが、我ながらベターな選択だった」

不敵な自画自賛は次の報告で破られた。

「ジャップの雷撃機が来ますッ！　一〇時方向、距離四〇〇〇！」

死さえ覚悟したラムゼー艦長は、自らの思考に逃げ込むのだった。

〈チェックメイトというわけか。〈サラトガ〉は今年一月一二日にハワイ沖で日本潜水艦の雷撃を受けて中破した。修理は終わっているが、強度は落ちていると考えたほうがいい。魚雷を食らえばジ・エンドだ。大した活躍もせぬうちに……〉

だが、ラムゼーの悲壮な思いはスプルーアンスの命令によって打ち砕かれたのだった。

「いまだ。全攻撃機に連絡。送り狼となり、日本空母を屠れ。なお、本隊はこれより戦略的な転進を実施する。各機は攻撃終了後、占領地ツラギの沖合に不時着水し、救助を待て」

それは自暴自棄な命令ではなかった。

スプルーアンスは最悪のなかに希望を見いだそうと、まだあがいているのだ……。

＊

「長官、村田《むら た》機より入電です！」

それは〈翔鶴〉飛行隊長村田重治《しげはる》少佐からの報告だった。

「第一次攻撃隊の戦果は以下の如し。米空母三の撃破を確認。いずれも飛行甲板は使用不可。中型空母は被雷し、航行不能。第二次攻撃隊を編成し、全空母を撃沈すべし！」

随喜の涙を流したところで咎めだては誰もしな

いだろう。そんな戦勝報告にも、山口多聞少将の表情は緩まなかった。

「第二次攻撃隊か。やらねばなるまい。航空参謀、どれだけの機数を出せる？」

奥宮少佐が頭を抱えた。

「帰投する数が読めない状況です。それは正解が出せない難題でしょう。長官命令により攻撃隊は進軍を速めましたが、燃料消費が増大し、ガダルカナルに降りた機体も多いはず。まずは接敵を続け、着艦した機体を勘定しませんと」

横から樋端参謀長が口を挟んだ。

「気になるのは天候です。北西に低気圧が居座っています。昼前から雨になるでしょう。スコールのなかに逃げ込まれれば空襲はできません」

闘志の塊である山口も、手持ちの戦力と空模様だけはどうしようもなかった。


このとき山口艦隊は分散気味であった。二機、三機といった単位で帰還する攻撃隊を着艦させるため、三空母は一時的に西に移動していたのだ。

前衛に戦艦〈霧島《きりしま》〉、重巡〈熊野《くまの》〉〈鈴谷《すずや》〉〈利根〉〈筑摩〉、軽巡〈長良《ながら》〉が横列に並んで対空警戒に従事しているが、空母の周囲には第一〇駆逐隊の四隻しかいない。万が一、この状況で空襲を受ければ、濃密な対空砲火は期待できない。

「電探室より報告。二号一型電探に感あり。機数不明ながら編隊の公算大なり」

それは六月に導入されたばかりの電波探信儀《レーダー》だ。正式名称は二式二号電波探信儀一型。対空専用であり、探知範囲は七〇キロ内外。この時代の電波兵器としては悪くない性能だった。日本空母で最初に装備されたのが、この〈翔鶴〉である。

山口は電探の可能性を認めつつも、深い信頼は寄せていなかった。誤探知も多く、敵味方の区別さえ満足にできない。もう少し煮詰めないと兵器としては役に立つまいと。

「帰投する友軍機か？　それとも敵機か？」

「米軍索敵機が見えない以上、こちらはまだ発見されていないと考えることもできますが、希望的観測は悲劇を呼びます。すぐに零戦隊を差し向けましょう」

奥宮航空参謀の進言に山口も頷いた。一二機いた直掩隊のうち、八機を振り向ける。

緊張が続くなか、数分後に続報が入った。

「零戦より通達。接近中の編隊は九七艦攻なり」

黒点が雲海の向こうに姿を見せるや、緩やかな空気が〈翔鶴〉の艦橋に流れた。

山口も一瞬、胸をなで下ろしたが、安寧は砲声で破られたのだった。前衛隊の最右翼に位置していた重巡が対空射撃を始めたのだ。

『こちら〈筑摩〉、友軍機の背後に米軍雷撃機を確認。母艦に向かう！』

前衛から三空母までは約一〇キロ。艦攻ならばすぐ魚雷の射点に達するだろう。

位置関係から見てもっとも危険なのは〈龍驤〉である。基準排水量一万六〇〇トンの小型空母は高角砲に俯角をかけ、必死の抵抗を試みている。

山口は平常心を装うのに必死であった。ミッドウェーでは旧型のＴＢＤデバステーター雷撃機が姿を見せたが、大した脅威とはならなかった。今度もそうであってくれればいいが。

しかし、敵雷撃機は旧型ではなかった。全機、新型だったのである。

魚雷投下に成功したのは四機。そのうち二本が〈龍驤〉の左舷中央にて炸裂した。

どす黒い海水の束が天へと昇り、やがて重力に負けて落下してきた。

水柱で叩かれた〈龍驤〉は早くも傾斜を始めている。駐機中の零戦が飛行甲板から滑り落ち、海中へ転落する瞬間までもが見えた。

「やられた。ミッドウェーのしくじりを繰り返してしまったぞ……」


山口の独白は正鵠《せいこく》を射ていた。アメリカ太平洋艦隊はミッドウェー海戦と同様の勝利をもぎ取るべく、ここ二ヶ月間、研鑽を重ねていたのだ。

その最たるものが雷撃機の装備転換であった。

各母艦の雷撃隊は低速鈍重なTBDデバステーターから、最新鋭のグラマンTBF－1アヴェンジャーに置き換えられていたのだ。

ミッドウェー海戦でも少数が実戦投入されていたが、乗員の練度不足で戦果は残せなかった。

しかし、今回は違う。全員が習熟訓練も終え、戦意をみなぎらせて山口艦隊に殺到して来たのだ。

送り狼たれと命じたスプルーアンス提督の意志に基づき、空中退避している各攻撃隊は帰投中の日本編隊を追走した。

アメリカ空母は搭載機数において、日本空母をワンランク上回っている。

この海戦に参加した〈サラトガ〉と〈エンタープライズ〉は八七機、中型の〈ワスプ〉も七四機を載せていた。艦爆と艦攻だけに絞っても一四〇機を超える。

しかし、山口艦隊に到達できた機数はわずかなものであった。それまでの空戦で飛行不能と判断され、出撃自体が見送られた機体も多く、また送り狼という任務自体が難関だった。

日本機は半数近くがルンガ飛行場へ向かった。

これでは追跡戦どころの話ではない。そちらに居座っていた台南航空隊の零戦に食われ、大多数が撃墜された。

坂井三郎一飛曹も空戦に参加し、味方と共同でSBDドーントレス四機を地獄へ墜としている。

追跡に成功した編隊もいたが、大半は途中で米軍機と露呈し、逆撃に遭った。

幸運の上にさらなる幸運を重ね、山口艦隊に到達できたのは、わずかな機数にすぎない。

まずは第七雷撃隊のTBF‐1が九機であった。空母〈ワスプ〉に配属された部隊である。母艦の復讐を成し遂げるべく彼らは燃えに燃え、結果を出した。

そして、もう一手。〈エンタープライズ〉の第三雷撃隊の七機が、〈翔鶴〉へと機首をつらね、低空を突進していく。

「二時方向、距離六〇〇〇に敵雷撃機、本艦へと向かうッ！」

見張りの絶叫に艦長の有馬政文《ありままさふみ》大佐が応じる。

「取舵いっぱい！　対空戦闘、撃ち方始めッ！」

空母〈翔鶴〉には一二・七センチ連装高角砲が八基、二五ミリ三連装機銃が一二基も装備されていた。片舷に撃てるのは半数のみだが、それでも一定の弾幕が張れる。

鉄の飛礫《つぶて》が二機のTBF‐1アヴェンジャーから翼をもぎ取った。しかし、残る五機は魚雷投下に成功した。

間合いが一二〇〇メートルとやや離れており、四本の航空魚雷はかわしたが、一本だけ避けきれなかった。

命中箇所が実に不運であった。フネの先端部、つまり球状艦首《バルバスバウ》だ。

それを砕いた一撃で大量の海水が流入し、隔壁は次々に破られた。三四・二ノットという高速で逃走中だったが、速度が逆に災いしたのだ。

被雷後、数分で〈翔鶴〉は右舷前方へ傾斜を始めた。もう空母としての機能は喪失してしまったと考えるしかない。

幸いにも火災は最小限で食い止められた。ミッドウェーの頃と比較し、日本空母は格段に燃え難いように工夫されていたのである。

旗艦〈翔鶴〉の置かれた状況を把握した山口は、なおも闘気をたぎらせながら命じるのだった。

「折を見て将旗を〈瑞鶴〉に移す。航空総力戦は、なおも継続される。全艦全機に告ぐ。いざ靖国へと参らん。その覚悟で敵艦隊を討つべし！」

過激な夙志《しゅくし》を示した山口少将であったが、戦意が戦況に反映されることは遂になかった。

第一次ソロモン海戦は、ここに実質的な終焉を迎えようとしていたのである。

山口艦隊は戦果と引き替えに攻撃隊の過半数を失っており、司令部は〈瑞鶴〉に移乗した直後から攻撃隊の編制に着手したものの、すぐ出撃できる機体は零戦一二機、九九艦爆一〇機、九七艦攻八機のみだ。

戦鬼と化した闘将山口はそれでも発艦を命じたが、スプルーアンス艦隊は転進を終えており、午前一一時にはスコールに逃げ込んでいた。

攻撃隊は一歩及ばず、長蛇を逸する形となってしまった。

戦場の後始末に従事したのは危険を無視し、果敢に攻め込んだ水上艦艇であった……。

＊

洋上に放置された米空母の残骸を発見した装甲護衛艦〈剣竜〉であったが、艦長有賀大佐は戦勝を祝う気にはなれなかった。

落ちぶれた敵艦に物の哀れを感じたのである。

中型空母〈ワスプ〉と思しき鉄塊は燃え盛り、砕け散り、周囲の海面を沸騰させていた。

針で突いただけで転覆してしまいそうな有様だ。生存者の姿はひとりも見えない。

「あの様子では曳航は無理だろうね。艦長、早く介錯してやりなさい」

志摩少将の命令のもと、〈剣竜〉は二八センチ主砲を撃ち放った。

相対距離は約二〇〇〇。相手は停船している。命中しない理屈がなかった。

四発の徹甲弾が吸い込まれるや、〈ワスプ〉は緋色の爆炎に包み込まれ、海面に膝を屈し、そのまま海底へと引きずり込まれていった。

「敵空母の生き残りは逃げたのだね。本艦も燃料が少ないと聞いた。深追いはできまいな」

有賀艦長は頷くと志摩少将に語りかけた。

「此度《こたび》は勝ちました。大戦果といっても差し支えありません。しかし、物量に秀でたアメリカは次の一手を繰り出してくるでしょう」

「うむ。合衆国は現代のローマ帝国だ。しつこさで欧州世界を制覇した連中の末裔は、同様のしつこさを太平洋で披露するだろうね」

志摩少将の言葉は予言となった。

アメリカ太平洋艦隊はこの敗北を糧《かて》とし、すぐさま復讐戦のプランニングに着手したのである。

ガダルカナルとツラギには多数の海兵隊が上陸したままだ。彼らを救わなければならない。

空母艦隊は大打撃をこうむり、短期間での回復は難しい。しかし戦艦部隊は目途がついていた。

巨砲をもって東洋鬼を祓《はら》うべしと……。

# 第5章
# 米戦艦、ガ島突入

## 1 ハングリー・アイランド
### ——一九四二年（昭和一七年）八月二九日

『ガダルカナル島占領に尽力する勇敢なる海兵隊の面々に、私は合衆国市民を代表し、深い感謝と賞賛の意を示したい。

善良なる納税者で諸君を知らぬ者などひとりもいない。新聞各紙は奮闘ぶりを連日報道し、少年少女らは君たちを尊敬の眼差しで見つめている。凱旋の暁には全員が英雄の称号を与えられ、絶賛を総身に浴びるだろう。

また教会ではこう教えている。ガダルカナルで善戦する海兵隊は、侵略者の魔手から自由世界を守るために神が遣わした守護天使《ガーディアンエンジェル》であると。

子供たちと教会に祝福された諸君には、もはや負ける気遣いなど無用だ。

とりわけ私が賛辞を送りたいのは、アレクサンダー・バンデクリフト海兵少将の決断である。

彼は兵と労苦をともにすることを望み、作戦の初期段階からガダルカナル島に上陸を果たした。将軍の覚悟と決意は、テルモピレーの戦いに挑んだスパルタ王レオニダスのそれに匹敵しよう。

苦戦のなか、第一海兵師団が組織的戦闘を継続しているのは、ミスター・バンデクリフトの存在があったればこそである。

その労に報いるため、彼を海兵中将に昇進させよとの指示を下した。新しい襟章とメダルは特使が持参しているはずだ。受け取ってくれることを期待している。

そして……この通達を申し渡すのは心苦しいのだが、地上兵力の早急なる援軍派遣という期待に応じることは、非常に困難な状況にある。

本職を責めるのはいっこうに差し支えないが、どうか海軍と海兵隊に怒りを向けぬように留意してもらいたい。

第一海兵師団の諸君、人跡未踏のジャングルをあえて踏破し、東洋の悪鬼に立ち向かい、彼らを駆逐したまえ。

勝利か死か。合衆国の全市民は、諸君の一挙手一投足に熱い視線を注いでいる。賞賛が失望へと変わらぬよう、死力を尽くしてもらいたい。

諸子に神の御加護のあらんことを。

敬意《シンシアリー》を込めて　フランクリン・ルーズベルト』

*

合衆国全軍の最高指導者である大統領からの書簡を一読したバンデクリフト海兵中将は、それを指先で引き裂きたい衝動に駆られた。

（なにが敬意《シンシアリー》を込めてだ。どうせ寄こすのならば同じSで始まるものでも補給《サプライ》だろうが！）

できれば感情を爆発させたいところだが、状況が許してくれなかった。どこに間諜《スパイ》が隠れているかわからないからだ。

第一海兵師団本部は半日ごとに移動を繰り返していた。

狡猾な日本軍は無垢な現地民《ネイティブ》を懐柔し、ジャングルに潜むアメリカ兵を探らせているのだ。巨木に巧妙に隠されたマイクロフォンも、すでに複数が発見されている。

残念な事実だが負傷して捕虜となった海兵隊員が喋ったらしく、敵は師団長がバンデクリフトだと把握しており、居場所と思しき場所に榴弾を撃ち込んでくるのだ。

九二式一〇センチ加農砲――いわゆるピストル・ピートである。実害は少ないが、夜中に着弾することが多く、兵の多くが不眠に悩まされていた。

ここで大声を発すれば、日本軍に居場所を伝えてしまう恐れがある。バンデクリフトは怒りを噛みしめたまま、相対する男の出方を待った。

海軍大佐マイルズ・ブローニングは、持参したバッグから豪奢なケースを取り出し、バンデクリフトへ手渡すのだった。

「大統領からことづかって参りました。どうかお納めを」

蓋を開けると想像どおりのものが入っていた。海兵中将の階級章だ。過去の苦労の結晶だが、掘っ立て小屋の暗がりのなかでは粗末に見えた。

「たしかに拝領したと大統領にお伝えください。ですが、私がほしいのは名誉や肩書きではない。まずは情報だ。

地の果てに流されている我らには、戦況すらわからない。太平洋艦隊はどうなっているのだ？」

ブローニングは沈鬱な表情を見せた。

「逆境に置かれていることは否定しません。第六一任務部隊の苦戦により上陸作戦の援護を完遂できず、海兵隊に迷惑をかけたことを申し訳なく思っております」

「苦戦とは穏やかすぎる表現だろう。遁走という単語が適切なのでは？　サヴォ島沖で〈ワスプ〉が沈んだのは知っているぞ。ドイツが日本に売却したフネが大暴れしたと聞いたが」

「そのとおりです。輸送船団の多くを沈めたのも《ＭＥＫＯ》と呼ばれる装甲艦です。大統領は外交圧力で対策を講じると言いましたが、効果が出るのは数ヶ月後でしょう」

「太平洋に残る航空母艦は三隻か。これで航空総攻撃は難しくなったな」

「二隻です。八月一五日に〈エンタープライズ〉がジャップにやられました。ハワイから西海岸へ修理に向かう途中、潜水艦の待ち伏せに遭ったのです。魚雷を三本食らい、全艦炎上のうえ自沈を余儀なくされました」

なおもブローニング大佐は言葉を続ける。

「本当に無念です。〝ビッグE〟の称号を持つ航空母艦が、あれほどあっけなく沈むとは」

「残る二隻は、いつ戦線に？」

「時間を要します。〈サラトガ〉はサンディエゴ軍港で修理中ですし、〈ホーネット〉は航空隊の訓練中で、九月終盤にならなければ動けません。大西洋から〈レンジャー〉を移動中ですが、戦場に姿を見せるのは一〇月でしょう」

絶望感に苛《さいな》まれているバンデクリフトは恨み節を口にするのだった。

「ミッドウェーの勝利を帳消しにしてお釣りがくる大惨敗だったとは。そのメッセンジャーとしてあなたを指名するとは、ニミッツ提督も意地が悪い人だ」

ブローニングは日米逆転の発端となったミッド

ウェー海戦の立役者だった。

　空母戦に不慣れなスプルーアンスを航空参謀というポジションから補佐し、日本空母三隻撃沈という大戦果を打ち立てたのだ。

　ただし問題もあった。歯に衣着せぬ発言で彼は上層部から、特に合衆国艦隊司令長官《COMINCH》のキング大将の不興を買っていたのだ。ブローニングは派閥の論理に負け、フネを降りたのである。

「私がスプルーアンス提督の部下であったなら、ソロモン海でここまで手酷くやられなかったはずです。まあ、戦死していた可能性も大ですから、どちらが幸いだったかなどわかりません」

「どうにも気力を喪失する通達だな。弾丸と食糧でもあれば、カンフル剤になるのだが」

「多少は持参しました。タイボ岬に揚陸を終えましたから、今夜には前線に届くでしょう」

　嬉しい連絡だが、バンデクリフトは素直に喜ぶ気にはなれなかった。

「あなたと一緒に潜水艦で運ばれてきたのだろう。ならば量は微々たるものだ。ここ飢餓の島《ハングリーアイランド》で頑張る私の部下たちの胃を満たすことは不可能だな」

　望楼作戦《オペレーションウォッチタワー》の初動に投入された第一海兵師団の戦闘員は約一万九〇〇〇名であった。

　そのうち七〇〇〇名がツラギ攻略に投入され、犠牲を払いつつも任務を果たした。

　残る一万二〇〇〇名がガダルカナルに上陸する手筈だったが、実に三〇〇〇名以上が輸送船ごと鉄底海峡《アイアンボトム・サウンド》に沈んだ。バンデクリフトの手元に残された兵力は九〇〇〇名弱だ。

　痛かったのは日本陸軍の夜襲であった。彼らはソ連の中戦車を先頭に、上陸当日の日没後、早くも反撃に打って出たのだ。

橋頭堡は焼かれ、軍事物資の大半は失われた。火器や弾薬も兵士の手持ち分のみ。戦車やトラックなどの車輌は皆無。重砲も五門しかない。

最大の痛手は食糧であった。二十歳前後の海兵隊員が体力を維持するためには相当のカロリーを摂取しなければならないが、ジャングルの奥地へ運び込めた糧食は一週間分もなかった。

第一海兵師団は日本軍と戦う前に飢餓と戦わねばならなかったのだ。

しかし、まだ士気は崩壊していなかった。自発的に投降する者も皆無に近い。フィリピンのバターン半島で捕虜となったアメリカ兵が、収容所までデスマーチを強要されたというニュースが流れていたためである。

海兵隊員はウサギや蛇まで食らい、来たるべき決戦に備えていたのだ……。

「私はSS‐167〈ナワール〉に乗って来ました。海中排水量四〇四〇トンの大型潜水艦です。魚雷を最低限にし、物資を詰めるだけ詰め込んでおります。一会戦を戦う量はあるかと」

ブローニング大佐の言葉尻にバンデクリフトは反応した。

「一会戦と言ったか？　海軍士官が海兵隊の行動に口を挟むのは感心できないぞ」

脅しをかけるような声音を使ったが、ブローニングは怯まずに告げるのだった。

「私がガダルカナル島までやって来たのは、二つのメッセージを伝えるためです」

「ひとつはルーズベルト大統領からのものだな。

もうひとつは？」

「私のボスであるハルゼー中将からです。秘匿性を求められるため、文章にはできませんでした。口頭にて伝達します」

緊張と警戒を強めるバンデクリフトだが、彼は想定外の台詞を耳にするのだった。

「太平洋艦隊は四八時間後に新たに大攻勢を開始します。目標はガダルカナル島の日本軍の殲滅。第一海兵師団にもご協力を願います」

「待ってくれ。空母がいない現状で艦隊を動かせば標的になるだけだ。ルンガ飛行場は連日のように増強されている。エスピリトゥ・サント島から陸上機を飛ばしても、制空権奪回は無理だろう」

ブローニングは事もなげに言った。

「ガダルカナル島のいちばんの病巣はルンガ飛行場です。それを潰すのです。戦艦の巨砲で」

## 2 騎兵隊艦隊

——一九四二年（昭和一七年）八月三一日

空母機動部隊という戦闘単位の勃興にともない、戦艦は旧式兵器と化した。

その扱いに筋道を立て直すのは容易ではない。大艦巨砲を愛してやまない日本海軍のみならず、アメリカ海軍もまた正解を見出せずにいた。

艦隊決戦という見果てぬ夢を追い続けるのは、もはや愚の骨頂である。巨砲を生かすには、短期間で大量の砲弾を集中投入できるというメリットを生かすしかない。

つまりは沿岸線に位置する要衝の破壊である。

その密命を帯びた米戦艦三隻が、夜半の南溟《なんめい》をひた走っていた……。

「ルンガ飛行場を艦砲射撃にて強襲か。最初からこうすればよかったのだ！」

新造戦艦〈サウス・ダコタ〉の戦闘艦橋《バトルブジッジ》に荒々しい声を響かせたのは、海軍中将ウィリアム・F・ハルゼーである。

彼は三日前、南太平洋方面軍司令官《COMSOPAC》に就任したばかりであった。前任者のロバート・ゴームレー中将が作戦失敗の責任を取って辞職したため、その後釜に座ったのだ。

ミッドウェー海戦の直前、極端なかゆみをともなう皮膚病に冒され、入院を余儀なくされたハルゼーであったが、どうにか健康を回復し、戦場へ復帰していた。できれば空母艦隊で復讐を成し遂げたいところだが、航空隊の再建には時間がかかりすぎる。

彼が嘆いたのはCV-6〈エンタープライズ〉の沈没だった。愛してやまないその空母は、日本潜水艦〈伊一九〉の雷撃を受け、ハワイ東方三五キロの海域に没したのである。

このニュースは全米を震撼させた。正規空母が潜水艦に沈められた凶報に、太平洋艦隊司令長官ニミッツは通達を発した。全潜水艦は通商破壊戦から敵艦攻撃に切り替え、リベンジを成し遂げるようにと。

それが悪手なのはハルゼーにも理解できた。潜水艦乗り《サブマリナー》のボスにわからんはずがない。本国からの要請に負けたのだろう。日本軍も攻勢限界線ぎりぎりにあるガダルカナルへの補給には難儀しているはず。潜水艦は輸送船団狩りに投入したほうが効果的なのに……。

そこへ第六戦艦戦隊司令官ウィリス・A・リー

少将が野心的な作戦を立案してきた。戦艦の艦砲をもってルンガ飛行場を痛打し、ガダルカナル島の戦局逆転を図るのが最善であると。

日本軍はその滑走路を足がかりとし、輸送船団を片っ端から沈めている。ガダルカナル島で奮闘する海兵隊に充分な補給を届けるためにも、一気に敵航空基地を無力化すべしと。

積極策を是とするハルゼーはこれを採用し、自らが陣頭指揮を執ると宣言した。

ソロモン海戦のバトルレポートを読破した彼は、敗因のひとつに戦意不足をあげていた。ゴームレーが戦線後方から動こうとしなかったため、部下に気迫がみなぎらなかったのだと。

「スプルーアンスの話だと、戦死したターナーは〈ノース・カロライナ〉に飛行場砲撃を中止させたそうじゃないか。艦長、たとえ俺が戦死しても絶対に砲撃を止めてはいかんぞ」

就役時から〈サウス・ダコタ〉の艦長を務めるトーマス・L・ガッチ大佐は、ハルゼーの発言に力強く頷くのだった。

「イエス・サー。お言葉に従います」

ガッチ艦長には自信があった。

BB-57〈サウス・ダコタ〉は四ヶ月前に就役したばかりの最新鋭艦だ。

今回が初陣だが、乗組員の訓練はひととおり終わっている。各種レーダーをはじめ新兵器が満載状態だ。潜在能力を引き出せば、日本海軍の最強戦艦長門《ナガト》型も打破できよう。

戦艦は一隻だけではない。ハルゼーが指揮する第六三任務部隊にはBB-58〈インディアナ〉とBB-56〈ワシントン〉も姿を見せていた。

前者は〈サウス・ダコタ〉の妹であり、後者は今は亡き〈ノース・カロライナ〉の妹だ。二隻は旗艦の後方につらなり、単縦陣で東方から鉄底海峡へ突入せんとしていた。

露払いとして駆逐艦〈ウォーク〉〈グウィン〉〈プレストン〉が先行している。

護衛が三隻とはやや心許ないが、今回は高速を生かしての一撃離脱戦法である。進軍速度は二七ノット。これなら敵潜が待ち伏せていても雷撃は困難なはずだ。

なおも語気を強めてハルゼーは言った。

「もし司令部が全滅したら三番艦〈ワシントン〉のリーが指揮を継承するが、すでに彼にも厳命してある。今夜で絶対にジャップの飛行場を潰すと。俺の目標はそれだけだ。たとえ……」

ガッチ艦長がその先を問うた。

「たとえ……なんでしょうか」

「ジャップの艦隊が出現しても、雑魚ならば撃たんぞ。戦艦か空母でも顔を見せれば、そっちを血祭りにあげてやるんだが」

そのとき見張りから連絡が入った。ガッチ艦長が一読してから伝える。

「沿岸に焚き火を発見しました。海兵隊員は手筈どおりやってくれたようです」

「そいつはいいぜ。ブローニング大佐を派遣して正解だったぞ。火炎は滑走路東一五〇〇メートルに位置しているはずだ。よく狙えと伝えろ」

一息ついてからハルゼーは続けた。

「バンデクリフト将軍には苦労をかけて悪いが、目標がなければ効力射は期待できんし、本艦自慢のSGレーダーも対地攻撃ではまるで役に立たないからな」

時計が二三時三〇分を指したとき、待ち望んだ報告がもたらされた。

「長官、全砲塔攻撃準備、完了しました。二番艦、三番艦から射撃開始の催促が来ております」

赤色灯の輝きで満たされる艦橋に、ハルゼーのよどみない命令が響いた。

「よし、攻撃開始！　ジャップをできるだけ多く殺すのだ！」

数秒後、四五口径の四〇六ミリ砲Mk6が盛大に火弾を撃ち出した。

三連装三基の主砲塔から飛び出した一二二五キロの徹甲弾が、二万二〇〇〇メートル離れたガダルカナル島へと殺到する。

すぐさま〈インディアナ〉と〈ワシントン〉も続いた。やはり九門の四〇六ミリ砲が吠え、爆発物を投擲《とうてき》する。

やがて遠すぎる島に戦果が刻まれた。

オレンジ色の火柱が立て続けにあがる。ただし、戦果は不明だ。滑走路に命中していることを祈るのみである。

ガッチ艦長は双眼鏡で標的を見つめていたが、光の狭間に異物を見いだした。

背後の島影が光源となり、前方の海面に浮かぶ人工物が顕わになったのだ。

「島の北岸に敵艦隊がいる！　レーダー班はなにをやっていた！」

叫んでからガッチは失言に気づいた。〈サウス・ダコタ〉はSG型水上探索レーダーを装備していたが、島影など障害物の側では能力を発揮できないことは、事前に判明していたではないか。

「伏兵艦隊《アンブッシュフリート》か。ジャップの好きそうな手だぜ。敵の編成は？　戦艦はいるか？」

ハルゼーの問いに、見張りからすぐ返答があった。

「軽巡二、駆逐艦三。距離一万九〇〇〇。低速で航行中のもよう」

ガッチ艦長は接眼レンズから眼を離して言う。

「輸送船団の護衛でしょうか。強行偵察機の報告では、昨日から鉄底海峡に艦船は確認できないという話でしたが」

言い終わると同時に、やるせなさが込みあげてきた。対岸のツラギ泊地には日本海軍が残した水上機基地があったが、占領時に破壊されて半ば放置されている。

あそこにチャンス・ボート社のOS2Uキングフィッシャーが常駐していれば、敵船団の見逃しなどあり得なかったろう。

ハルゼーは分厚い下唇を噛みしめながら命じた。

「雑魚に主砲弾をくれてやるわけにもいかんな。戦艦隊はこのまま対地砲撃を続行。駆逐隊に迎撃を命じるのだ。ジャップもこちらに気づき、手を打ってくる。その前に雷撃戦で潰せ！」

## 3 マイン・レイヤー

——同日、午後一一時三二分

米戦艦が発した雷鳴は、対潜護衛艦〈清竜〉の夜戦艦橋まで確実に響いた。

艦長の松本毅《まつもとたけし》大佐は驚愕した。今宵の会敵などまったくの想定外だったのだ。完全に先手を取られた。これは全滅も覚悟しなければならぬ。

「敵大型艦三隻。おそらくは戦艦級！」

見張りの報告に松本は確認を求めた。

「もしかして味方艦ではないか？　今宵は〝ツ号作戦〟の発動日なのだぞ」

その疑念は杞憂へと変わった。恐るべき巨弾は〈清竜〉と二番艦〈津軽《つがる》〉を飛び越え、ガダルカナル島に突き刺さったのだ。

航海長の志和彪《しわことら》中佐が言った。

「いくら闇夜の鉄砲でも、味方占領下の島を砲撃するような阿呆は帝国海軍にはいません。あれはアメリカ戦艦群でしょう」

「先に見つけられたわけではなさそうだな。ルンガ飛行場を狙っているようだが、この邂逅《かいこう》は敵にとっても偶然だったはず。

まだ発見されていない可能性もあるぞ。すぐ〈津軽〉に連絡だ。ただちに機雷敷設を打ち切り、全速で退避すべし！」

不服そうな様子で志和航海長が、

「艦長、逃げるんですか⁉」

と詰め寄ったが、松本は表情を変えなかった。

海防艦〈磐手《いわて》〉艦長に内定していたが、いきなりドイツ製対潜艦を任されたほどの男である。当然肝は据わっているが、松本は同時に現実を見据えることも得意であった。

「悔しいが本艦の装備では歯が立たんよ。我らの務めである撒き餌は終わったのだから、撤退したところで非難する者はおらんさ」

松本艦長の発言に嘘はなかった。

対潜護衛艦〈清竜〉は《ＭＥＫＯ》シリーズの三番艦であり、すでにガ島戦線には陸戦隊派遣のため、何度か姿を見せている。

その主砲は八九式一二・七センチ連装高角砲が七基あるのみだ。前甲板に三つ、左右舷側にそれぞれ二基ずつである。

基準排水量七〇〇〇トン弱の軍艦にしては控え

めな装備だが、これは肝心の対潜装備を確保するための措置であった。

最大で爆雷を二八八発搭載できるが、それだけではない。〈清竜〉には対潜水艦作戦だけでなく、機雷敷設も求められていたのだ。

日本海軍が量産化した対艦機雷は九三式一型である。全重量七一〇キロのそれを動かすには敷設軌条が必須となる。

後甲板にレール状のそれを準備していた〈清竜〉だが、溝の数と幅を工夫することで、対潜爆雷との共用が可能になっていた。

今回の出撃では一五〇個もの九三式一型機雷を搭載しており、敷設も終わっていた。〈清竜〉は二番手の〈津軽〉が作業を終えるまで、第一九駆逐隊の三隻と警戒を続けていたのである。

敷設艦〈津軽〉は昨年一〇月に完成したばかりの新型だ。全長一二一メートルと小型駆逐艦なみだが、基準排水量は四〇〇〇トンもある。

肝心の機雷だが、専用艦らしく実に六〇〇個も搭載可能だった。艦尾に四つ、後甲板に二つある投入軌条から敷設を急いでいたが、半分を終えたところで米戦艦の砲撃が始まった。

機雷を設置したのはガダルカナル島北部中央、ルンガ岬からコリ岬の沖合である。

泊地としての利用価値はあったが、島北西部のタサファロンガのほうが荷揚げには適していた。ここは封鎖し、敵船団の接近を阻止するのが利口と判断され、機雷投入が決定したのだった……。

後ろ髪を引かれる思いで〈清竜〉は転舵すると東へ向かった。鉄底海峡を突っ切り、マレータ島の西岸を北上しつつ、ラバウルへ戻る航路だ。

山形県出身の松本は南海特有の蒸し暑さには辟易《へきえき》していたが、いま背筋を流れるのは冷や汗であった。〈清竜〉にはドイツ製の冷房装置が完備されており、空調は申し分ないが、いまだけはその電源を切りたい気分だった。

アメリカ戦艦は相変わらず主砲をガダルカナルへと向けている。着弾するたびに火柱が巻き起こり、鉄塵が舞う。

そこにはすでに二本の滑走路が完成し、三本目が建造中だった。海軍機だけでなく陸軍機も進出中だ。総計で七〇機以上が稼働していたが、はたしてどれだけ生き残れるだろう。

「艦長、十数分前に発見した沿岸の焚き火ですが、あれが砲撃の目印になっているのでは？　主砲で狙撃するのはどうでしょうか」

志和航海長の疑念に松本は答えた。

「味方撃ちの危険性がある以上、攻撃は許可できんよ。ルンガ飛行場には子細を伝えてやれ。受信できるかどうか、わからんがな」

そのときだ。見張りからの一報が手狭な夜戦艦橋にもたらされた。

「敵駆逐艦三隻が接近中。速度三〇ノット以上、距離九〇〇〇！」

さすがはアメリカ太平洋艦隊である。こちらの存在に気づき、排除に着手したというわけだ。

松本艦長は焦りを感じていた。一気に間合いを詰められたのがまずい。〈清竜〉や〈津軽〉には満足できる対艦電探が装備されておらず、発見が遅れたのだ。

だが、駆逐艦乗りは熟練の技で素早く反応した。

「第一九駆逐隊司令大江覧治《おおえけんじ》大佐から通達。これより〈綾波《あやなみ》〉〈敷波《しきなみ》〉〈浦波《うらなみ》〉はアメリカ駆逐艦隊の邀撃《ようげき》へと赴かんとす。〈清竜〉は〈津軽〉の守りにあたられたし」

三隻の特型駆逐艦は、短時間でボイラーを焚けるだけ焚き、無理やり速度をあげて突進を開始していた。

「三対三か。本艦が砲撃に参加すれば俄然有利となりましょう。もっとも、敵戦艦を無視すればの話ではありますが」

志和のつぶやきに松本も応じた。

「うむ。〈津軽〉は最高でも二〇ノットしか出せない。主砲も本艦と同じ一二・七ミリ連装高角砲が二基だ。孤立すればやられる。その前に脅威対象を潰さなければ、守りにあたることもできまい」

背筋を伸ばし直してから、艦長は張りのある声を発した。

「命令。速度を三〇ノットまであげろ。第一九駆逐隊を後方より支援するのだ！」

## 4 昏迷戦線

――同日、午後一一時五二分

日本人は、我が中戦車実験中隊のことを便利屋かなにかと勘違いしているのではないか？

依頼という名目の命令を戦車内で受信したミハエル・トハチェフスキー少将は、不機嫌な表情のまま、視線を海岸線へと向けた。

暗がりの一角に真紅の焔が躍っていた。敵味方は不明だが、誰かが焚き火をしているのだ。

トハチェフスキー指揮下の中戦車実験中隊は、ルンガ飛行場から追い立てられ、テナル河口まで移動させられていた。

攻守に使える軍用機があり、アメリカ海兵隊が来襲する気配もない以上、戦車など滑走路を塞ぐ邪魔物でしかない。定期便の空襲で狙い撃ちにされる危険もある。

ここは密林に身を潜め、整備に専念したほうがよい。そう進言したのは第一三設営隊の岡村徳長中佐であった。

トハチェフスキーには受諾以外の選択肢はなかった。稼働可能なT34中戦車は残り五輌となっている。もはや実験中隊ではなく、小隊か分隊だ。可能行動は前線におけるトーチカとなり、敵軍の侵攻を阻むことくらいであろう。

「同志リュシコフ、焚き火を消せと言ってきたのは本当にオカムラ中佐だったのか」

指揮戦車のみに許された通信機を操作しつつ、ゲンリッヒ・リュシコフが自信ありげに応じた。

「名乗りませんでしたが、無線の向こうで怒鳴っていました。乗馬が好きな設営隊長の声です」

「彼は優先的に燃料をまわしてくれた。骨を折ってやらねばならんし、貸しも作りたい。将来ぜひとも共産党員になってもらうべき男だからな」

すぐにトハチェフスキーは射撃開始を命じた。伝令が布陣する各戦車に走り、意志を伝達する。

部下の車輌にはすでに榴弾が装填されており、四一・二口径の主砲から放たれた七六・二ミリ砲弾は、闇夜の目印になっている焚き火を横殴りに襲った。

炎は暴風めいた榴弾の爆発反応によって強制的に消火された。もちろん、火をつけていた数名のアメリカ海兵隊員も巻き添えだ。

数秒で終了した戦闘行動にトハチェフスキーは虚しさを覚えるのだった。これが現代戦闘というものなのか。過渡期に生きる軍人には過ごしにくい世界になってきたな。

人工的な海嘯《かいしょう》が聞こえた。

視線を沖合に向ける。黄色と朱色の輝きが折り重なって見える。海戦が惹起しているのだ。

陸戦のことしか知らぬトハチェフスキー将軍にとって、それはまるで異次元の戦闘に思えてならなかった……。

＊

「こちら測距班、マーキング光源消滅。海兵隊が用意してくれた焚き火が消えました！」

勝ち戦《いくさ》の芽を摘むかもしれない報告が〈サウス・ダコタ〉のブリッジに流れたのは、まもなく日付が変わろうとする頃合いであった。

ガッチ艦長は眉を歪ませた。

これはいかん。日本軍は目印の存在に気づき、排除したのだ。おそらくは武力をもってだ。

士気の瓦解を阻止するためだろう、ハルゼーが大声を張りあげる。

「問題なしだ。すでに飛行場は着弾で燃えているじゃないか。最高のマーキングだぞ。砲撃を続行せよ！」

三戦艦は破れかぶれの勢いで乱射を継続した。筒音が鉄底海峡に甲高くこだまするなか、凶報が再び舞い込む。

「ＤＤ‐４３３〈グウィン〉より戦況報告。日本駆逐艦隊と交戦。雷撃にて敵一隻を撃沈せるも、我が部隊も被害甚大。〈ウォーク〉沈没、〈プレストン〉全艦炎上中。本艦も被弾。発揮速力は一二ノット！」

低く呻きつつもハルゼーが言った。

「同数対決で負けたとは情けない。俺が駆逐艦を降りてから技量がだいぶ下がったみたいだな」

しかし、ガッチ艦長は落ち着いた調子でそれを否定する。

「ノー・サー。相手の駆逐艦隊は巡洋艦がバックアップしている様子です。七時方向、距離一万をご覧ください」

そちらの海面には断続的に砲撃の光が煌《きら》めき、艦影がライトアップされていた。

「俺はジャップの軽巡には疎《うと》いんだが、あのフネはなんだ？　まさかとは思うが……」

ハルゼーの疑惑にガッチは正解を口にした。

「《MEKO》シリーズの一隻でしょう。我ら太平洋艦隊の天敵ですよ」

ドイツからやって来た七〇〇〇トン程度のフリゲートに、戦局がかき乱されている。《MEKO》シリーズとは不運《ブードゥー》を決定づける疫病神《フードゥー》であったようだ。

直後、それを裏付ける証拠が発生した。ツラギ泊地に複数の爆発反応が生じたのだ。

視野に生じた紅蓮《ぐれん》の炎へとハルゼーは双眼鏡を向け、そして驚愕した。

「おい！　味方の陣地が撃たれているのか⁉」

ガッチ艦長もそれに追随して告げた。

「そのとおりです。ガダルカナルに炸裂した我らの弾着と非常に似通っていますね」

「戦艦搭載砲かよ！　クソッ！　しょせん人間の考えることは同じか！」

一分と経たないうちに続報がよせられた。

『レーダー解析完了。戦艦一、巡洋艦二。単縦陣でサヴォ島北岸を迂回しているもよう！』

途端にハルゼーの機嫌は復活した。

「戦艦は一隻だけか。たぶんコンゴウ型の高速艦だろう。我らと同様、スピード生かして殴り込み、一撃で離脱する気だろうぜ。

ジャップは〈比叡〉をロシア人に売ったらしいが、残る三隻のうち一隻だけ投入するとはしみったれだ。戦力を小出しにするのは敗北への特急券だぞ」

「司令、どうか御決断を。戦艦であれば雑魚とは申せませんが、ガダルカナル砲撃も完了したとは言い難い状況です。どちらを撃ちます？」

「知れたことよ。ジャップの戦艦をたいらげてからガダルカナル島を燃やし尽くしてやるぜ。基本針路〇〇〇T。真北に向かえ！」

すぐさま〈サウス・ダコタ〉は回頭を始めた。〈インディアナ〉〈ワシントン〉も旗艦に続く。

ガッチ艦長は艦内にマイクに号令を発した。

「攻撃モード変更だ。対地砲撃から対艦砲撃へ。本艦はこれより日本戦艦を討ち滅ぼす」

歓声が艦内の随所から鯨波のようにあがった。

それが収まるや、ＳＧ《シュガージョージ》型レーダーの解析結果がもたらされた。

『敵艦隊、針路変更。こちらに突っ込んで来る。距離二万九〇〇〇。速度二五ノット前後！』

敵も機を見るに敏だ。たちまちこちらの存在に気づき、対決姿勢を鮮明にしてきた。

「距離二万五〇〇〇で撃て。後続艦にも伝えろ。左二〇度の先頭艦を狙うのだ」

ハルゼーの意志が三基の主砲塔に伝達される。

敵艦隊が迎撃に動いた以上、T字戦法は無理だ。同航砲戦による艦隊決戦が惹起しよう。

小細工なしの殴り合いの予感に打ち震えるハルゼーとガッチ艦長であったが、彼らの思いは想定外の光芒によって妨げられた。

突如として〈サウス・ダコタ〉の艦橋構造物が膨大な光量でライトアップされたのである。

これでは丸見えだ。遠目からはまるで白亜の城のようだろう。

「探照燈《サーチライト》だ！　どこから照らされている！」

ガッチ艦長の怒鳴り声に、すぐさま返答が寄せられた。

「位置関係でわかる。ジャップのドイツ製軽巡に決まってるぜ。艦長、右舷両用砲斉射。忌々しい《MEKO》を潰せ！」

ハルゼーの予想どおり、それは〈清竜〉が放った光の束であった。

九六式一一〇センチ探照燈だ。日本海軍が軽巡に好んで採用した夜間照射装備であり、一万三六〇〇燭光の光度で照射可能だった。〈清竜〉には後檣楼に二基設置されており、天候にも左右されるが、一万メートル彼方の敵艦をライトアップできる。

ツ号作戦の子細を知る松本艦長は、南下する味方戦艦の砲撃を支援するため、決死の覚悟で照射に踏み切ったのである。

反撃は素早かった。〈サウス・ダコタ〉は三八口径の一二・七センチ連装両用砲Mk12を連射し、執拗に〈清竜〉を狙った。

短時間で命中弾は七発に及び、後甲板の格納庫には火災も生じた。

だが、致命傷とはならなかった。小一時間前まで機雷が詰め込まれていたが、いまやそこは空っぽである。

撃破に失敗したのは純粋に破壊力の問題だった。Mk12は対艦射撃も可能な実用的両用砲であり、初速は優れているが、口径は一二・七センチしかない。そして《MEKO》シリーズの各艦には、部分的ながら一五センチ砲弾にも対抗できる装甲鈑が張られているのだ。

アメリカ戦艦はダウンサイジングとマルチタスクに注力していたが、両用砲採用による副砲軽視の弊害が、またしても現れたのだ。

それでも第八斉射が探照燈を叩き割り、光源は破壊されたが、そのときすでに〈サウス・ダコタ〉の命運は決していたのだった……。

「敵戦艦に発射反応！」

背筋が凍りつく思いに支配されるガッチ艦長であった。距離は二万七〇〇〇、相手に先手を取られてしまった。

しかも〈サウス・ダコタ〉は照射され、鉄底海峡ではなによりも目立つ存在となっている。これで命中弾がないと考えるほうが不自然だ。

幸いにも日本軽巡を撃破したのか、探照燈の光は消滅し、〈サウス・ダコタ〉の艦影は再び闇に包まれた。

「臆するな。悪魔か魔女にでも魅入られていない限り、初弾が当たることなどあり得ぬ！」

確率と常識論を振りかざすハルゼーの台詞は、偶然と非常識な現実によって打破された。

数十秒が経過したとき、〈サウス・ダコタ〉は一発の命中弾を浴びた。邪神のハンマーに殴られたかのような衝撃が全艦に走った。

「艦尾被弾！」

誰かの叫びにガッチ艦長は反応し、やまぬ振動のなか、着弾箇所を凝視した。

そして仰天した。

一本煙突、マスト、後檣楼、Mk12両用砲四基。それらすべてがきれいさっぱり薙ぎ払われ、更地に変貌しているではないか。

敵弾はC砲塔の前に落下し、重要防御区画《ヴァイタル・パート》の一部を食い破り、艦内で爆散したのだ。ボイラーは火炙りとされ、露出したその一部がブリッジからも確認できた。

「各部被害報告を急げ！」

伝声管から悪報が流れ込み始める。

「全アンテナ消失。予備も含め通信系は壊滅」

「C砲塔の外部キャスターが破損。旋回不能」

「電流回路遮断機が破損。修繕の見込みなし」

最後の報告が痛かった。電気系統の大部分が動かないのでは、もはや手足を縛られたも同然だ。

双眼鏡にかじりついたままのハルゼーが、怒りのあまり湯気を頭から発散しつつ言った。

「艦長、レーダー班を全員営倉にブチ込め。いい加減な電波探信儀を作ったメーカーも縛り首だ。戦艦一、巡洋艦二という報告は大間違いだぞ」

短く太い指を怨敵に向け、彼は怒鳴った。

「あれは戦艦だ！ ナガト型が二隻に、未確認の超巨大戦艦が一隻だ！」

## 5 突然災のごとく

――翌九月一日　午前零時一三分

「初弾命中！ 繰り返す。初弾命中！」

連合艦隊旗艦〈大和〉の夜戦艦橋に流れた戦況報告に、幕僚一同の興奮は最高潮に達した。

世界最大最強の四六センチ砲弾、しかも対艦用の徹甲弾が命中したのだ。これに耐えられる軍艦をあげるとすれば、習熟訓練中の同型艦〈武蔵《むさし》〉

だけであろう。

「敵一番艦、大火災。船足鈍った！　二番艦と三番艦は取り舵でこれを回避中のもよう！」

見張りからの吉報にGF長官山本五十六大将は相好を崩すのだった。

「見事だ。探照燈という思わぬ手助けがあったとはいえ、一撃でアメリカ新鋭戦艦をノックアウトできるとはな」

艦長の高柳儀八《たかやなぎぎはち》大佐が素早く告げた。

「きっと〈清竜〉でしょう。光が消えたのは砲撃を食らった結果かもしれません。早急に残る敵艦も排除し、勇気に応えましょう」

強く頷いてから山本は命じる。

「宇垣《うがき》君、第二斉射から敵二番艦に目標変更だ。後始末は第二戦隊に任せよう」

連合艦隊参謀長の宇垣纏《まとめ》少将は、海軍砲術学校を次席卒業していることからもわかるように大砲の権威だ。山本は彼に旗艦〈大和〉と第二戦隊〈長門〉〈陸奥《むつ》〉の砲撃指揮を一任していたのである。

横槍を入れられた宇垣だが、能面のような表情を歪ませもせず、淡々と命じた。

「長官の決は下った。第二斉射より標的を無傷の敵二番艦に切り替える。〈長門〉と〈陸奥〉は敵旗艦にトドメを刺せ」


現代戦で連合艦隊司令長官が最前線に出撃するなど無謀の極みだが、帝国海軍の伝統を重視する山本は、指揮官先頭に強いこだわりを示した。

ミッドウェー海戦でもやはり〈大和〉で戦場に繰り出したが、敵影を見ず、虚しく帰投した過去もある。今度こそという思いも強かったのだ。

トラック島を根拠地とした連合艦隊だが、厄介な懸案事項が存在した。

ツラギの処遇である。死守に成功しているガダルカナルと違い、サヴォ島対岸の泊地はアメリカの占領下にあった。

こちらも補給が途絶え、海兵隊は餓死寸前の様子だ。兵を出してまで奪回する意味は薄い。だが、放置も芳しくない。

そこでツ号作戦が創案された。夜半に砲戦部隊を繰り出し、新開発された三式弾をもって敵陣を無力化する計画だ。

当初は第三戦隊の投入が予定されていたが、司令官栗田健男《くりたたけお》中将が危険すぎると拒絶したため、山本は自ら出馬すると宣言したのである。

幕僚たちは制止に動いたが、山本の意志は固かった。また制海権を得ているツラギなら、一定の安全は確保できよう。

念のため〈清竜〉と〈津軽〉に機雷敷設を実施させ、それと並行してツラギへの対地砲撃が決定された。真珠湾攻撃を強行した山本を諫《いさ》めることができる者など、もはやいなかった。

ガダルカナルを攻撃する米戦艦を発見したのは、ハルゼーが砲火を開いた直後であった。

まだツラギ泊地への攻撃は実施されておらず、ただちに対地砲撃を中止して敵艦隊に向かうべしとの声もあったが、すでに三式弾を装填されていたため、これを処分するのが先決となった。

正攻法でやるなら、戦艦には徹甲弾を撃ち込まねば意味がない。ツラギへ二回だけ斉射を実施すると、〈大和〉は南下を開始したのだ。

完全な結果論ながら、第三戦隊を突入させなくて幸運だった。〈榛名〉〈霧島〉の二隻であれば、新造戦艦相手に苦戦は必至だったろう……。

半壊した〈サウス・ダコタ〉を無視し、〈大和〉は矛先を同型艦の〈インディアナ〉へ向けた。

姉よりも両用砲を二基多く装備した〈インディアナ〉は、全長二〇七・三六メートルというコンパクトなボディに四〇センチ主砲を九門搭載しており、速度も二七・五ノットを発揮できる。条約型戦艦としては理想像だ。

身持ちも堅いが、それはあくまで持参する砲弾、すなわち四〇センチ砲で撃たれることを前提としたものだ。破壊力がワンランク上の四六センチ砲弾に、二万五〇〇〇メートル前後で撃たれて無事ですむはずがない。

旗艦〈大和〉の砲撃精度は凄まじい域に達していた。第二斉射であっさり夾叉《きょうさ》を得るや、後は単純作業となった。第三斉射で一発、第四斉射で二発の命中弾を得た。

一四六〇キロの砲弾が激突したのはすべて艦首だった。一発が錨鎖を回転させるキャプスタンに襲いかかり、舳先《へさき》をねじ切った。

もう二発が最悪な場所に突き刺さった。B砲塔の基部である。

四五七ミリの装甲鈑で守られてはいたが、〈大和〉の九一式徹甲弾はそれを易々と貫き、弾火薬庫にて死の歌を唄った。

信じられない規模の爆発が夜空を焦がす。破壊エネルギーは三万八〇〇〇トンの鉄塊を内側から突き崩し、浮力を奪い去った。

着弾から沈没までわずか九秒。一八〇〇名強の乗組員のうち生存者は三名。完膚なきまでの轟沈であった。

このとき〈長門〉と〈陸奥〉は〈大和〉からの

指示に従い、一番艦〈サウス・ダコタ〉に引導を渡すべく猛射を続けていた。

ハルゼーは旗艦が戦闘不能に陥ったことを認め、面舵を命じていた。ひとまず距離を取り、電気回路の修復を待ち、戦線へと舞い戻る腹づもりであった。

そこへ〈長門〉〈陸奥〉から一六発の四一センチ徹甲弾が降り注いできたのだ。装甲鈑が真価を発揮し、貫通弾こそなかったものの、戦力は激減した。もはや戦力としてカウントできないのは、誰の目にも明らかであった。

ハルゼー艦隊で唯一気を吐いたのは、戦艦〈ワシントン〉である。

サウス・ダコタ型の前級であるノース・カロライナ型だが、ここで沈んだ姉の仇を討つべく、彼女は闘志を燃やしていた。


今作戦の発案者であり、アメリカ海軍きっての砲術通であるウィリス・A・リー提督の指揮は、冷静かつ的確であった。

第四斉射で二番艦の〈長門〉を狙い撃ちにし、命中弾一発を与えたのである。

死産となった八八艦隊計画の生き残りであり、国民の間に知らぬ者とてないかつての連合艦隊旗艦にとって、それは痛すぎる一発であった。

後檣楼が瓦解し、第三および第四砲塔が旋回不能に陥ったのだ。しかも火災が尋常でないレベルで広がり、処置なしだという。

艦長矢野英雄《やのひでお》大佐は弾火薬庫への注水を命じ、ここに〈長門〉の戦闘力は半減した。

なおも〈ワシントン〉は重量級砲弾《ヘビーシェル》を放ち続け、第一主砲の砲身を根元から叩き折った。衝撃で第二砲塔も旋回速度が異様に遅くなってしまった。

こうして〈長門〉は、浮力こそ失わなかったが戦闘力を全損したのである。

もちろん〈ワシントン〉も代償を求められた。三番艦の〈陸奥〉が猛撃をかけ、五発もの直撃弾を食らわせたのだ。

ノース・カロライナ型は当初、三六センチ砲搭載艦として設計され、建造過程で急遽四〇センチ砲塔に変更された経緯があり、対弾性能も三六センチ砲弾を前提に設計されていた。四〇センチ砲弾にもある程度の抵抗はできるが、距離が二万を切ると途端に怪しくなる。

そして〈陸奥〉の砲弾は一万九〇〇〇メートルから放たれたものであった。

この衝撃に耐えられるほど〈ワシントン〉は神に愛されていなかった。荘厳な、そして毒々しい花火大会が艦上で展開され、爆発が断続的に起こった。それが一段落したとき、〈ワシントン〉は煮崩れた鉄塊に変貌していた。

艦橋構造物は雑多な色で塗られ、先端だけ黄色に燃えている。それは消える寸前の蝋燭《ろうそく》を連想させた。

やがて灯火も消え、数千のアメリカ水兵と数百の日本水兵の命が失われた結果として、海は再び闇の勢力下に落ちた。

第一次サヴォ島沖夜戦は、日本戦艦部隊の圧勝に終わったのである。

## 6　座礁強行

——同日、午前零時五五分

戦艦〈サウス・ダコタ〉は死に瀕していた。

すでに全砲塔は沈黙し、回転するスクリューは一軸だけ。速力は九ノットしか出せない。

　自転車なみのスピードで向かう先は、ガダルカナル島の北岸であった。

「艦長、本艦の歴史に沈没という不名誉な記録を刻むわけにはいかんぞ。海水に抗《あらが》え。浅瀬に乗り上げるのだ。以後は砲台となり、ルンガ飛行場を弾が尽きるまで撃ちまくれ！」

　ハルゼー中将の無理難題にガッチ艦長も気迫で応じた。この状況ではそれが最善手である。

　残骸に凋落したからか、距離を稼いだからか、日本戦艦はもう撃ってこないが、浸水は刻一刻と悪化している。いまのうちに座礁し、態勢を整えなければ。

　だが、ここで悪しき置き土産が炸裂した。海面下から突き上げられる爆圧がいくつも生じ、ハルゼーたちの足元を揺るがした。

　震度《マグニチュード》七にも匹敵する揺れがブリッジを襲い、全員が転倒した。呻き声が折り重なるなか、体を起こしたハルゼーは真相に行き着いた。

「クソッタレが！　こいつは機雷《マイン》だぞ。さっきの《ＭＥＫＯ》はここに撒き餌をしやがった！」

　性能よりも生産性を向上させた九三式一型機雷だが、威力は必要充分なレベルであった。

　起爆したのは一発のみだったが、それが〈サウス・ダコタ〉に死刑宣告を下したのである。

　浸水はあっという間に上甲板まで達した。主砲の基部を海水が洗い、もはや沈没は免れぬ運命かと誰もが覚悟したとき――。

　別口のショックが艦を揺るがした。二ノットでまだ動いていた巨艦の残骸は、いきなり強制停止させられたのだ。

　壁面に激突したハルゼーとガッチは、痛みを堪《こら》えながら状況を確認した。フネは完全に停船している。沈没の一歩前で座礁に成功したようだ。

「艦長、全員に小銃を配れ。陸戦用意。俺たちはガダルカナル島に上陸し、海兵隊と合流。そしてジャップを殺すのだ！」

だが、気迫で戦況を好転できるのであれば苦労などいらない。ハルゼーはそれを思い知らされたのであった……。

*

機雷で船底を破られたアメリカ戦艦が座礁するダイナミックなシーンを、トハチェフスキー少将は特等席から目撃していた。

四万トンに迫る鉄塊が傾斜したまま停止し、そこから水兵たちがわらわらと脱出してくる。多くがライフルを手にしている様子だ。


「同士リュシコフ、連中を見逃せばこの島の日本軍に重い負担となるだろう。だが、ここで砲火を開くのは虐殺行為だと誹《そし》られる危惧もある。どのような選択肢が正解だろうか」

ゲンリッヒ・リュシコフは、一切の迷いもなく回答するのだった。

「まずは勝者となることです。栄光を前にすれば讒言《ざんげん》など薄くなるもの。消極案は敗者に繋がりかねない悪手。ここで覇者となれば、将軍はソ連邦英雄金星章とレーニン勲章が同時に送られることでしょう」

背中を押されたトハチェフスキーは、こう命じるのだった。

「全車に告ぐ。榴弾が尽きるまで前方の戦艦を撃って撃って、撃ちまくれ。発射《アゴーニ》！」

五輌のT34中戦車が演じた殺戮の乱舞は、それから二五分にわたって継続された。

脱出を試みた〈サウス・ダコタ〉の水兵のうち、ジャングルに逃げ込めたのは五〇〇名前後。そして、ほぼ同数の若者たちがT34中戦車の実験中隊によって殺害された。

ガダルカナル島における勝者と敗者は、ここに定まったのである……。

# エピローグ

# 盤外の闘い

## 1　竜が如く

――一九四二年（昭和一七年）九月一日

ブローム・ウント・フォスの社長を務めるアドルフ・ヒトラーの朝は早い。

ドイツ屈指の造船所を運営する彼は、典型的な仕事中毒であった。通常の職務だけでなく、政財界人との会合や趣味と実益を兼ねた絵画の作成など、やることは山ほどあった。

寝ている暇さえない。一日の睡眠を四時間まで削り、通勤時間すら惜しいと造船所内部に質素な邸宅を構えていた。

生まれたのはオーストリアのオーバーエスターライヒだが、死ぬのはここだと決めている。一二年前に社長の座をかっさらって以来、ヒトラーは造船所と一体化することを望み、全精力をそれに投入してきた。

銭儲けの目的はひとつ、世界征服である。

資本主義世界では金こそがすべてを動かす燃料となる。若き日には政治運動に身を投じようとしたこともあったが、国家は裏から動かすほうが確実かつ単純だ。

ヒトラー社長は実業界から政界を支配すべく、野心を燃やしていたのである。

健康食品のみの軽い朝食をすませると、有能な側近が厳選した電文と報告書に目を通す。

　ヒトラーが特に関心を寄せるのは戦況に関するレポートだった。ポーランドに進駐するソ連軍の動きと、ガダルカナル島をめぐる日米の駆け引きには、常に熱い視線を送っていた。

「社長、失礼します。我が社にとって吉報が舞い込みました。日本海軍へと売却した《MEKO》シリーズ《ゼーレ》が戦果をあげたようです」

　上級重役のアルベルト・シュペーアであった。建築家という異色の経歴を持つ男だが、組織管理において異才を放つ彼を、ヒトラーは高給で雇い入れていた。

「うむ。私の手元にも届いておる。ハンブルク市に大枚をはたき、逓信局を造船所内に移転させて正解だった。情報の早期入手こそ成功に繋がるのだから。四隻の《MEKO》はいずれも生存しており、戦局に大いに寄与しているらしい」

　シュペーアは幾枚か写真を卓上に広げた。

「特に二八センチ連装砲を載せた〈ケンリュウ〉と対潜型の〈セイリュウ〉が真価を発揮したとの報告です。リュウという単語はドラゴン《ドラッヘ》を意味すると聞きますが、名前に負けない存在感を発揮した様子ですな」

　ヒトラーは無表情のまま、便箋に慣れない手つきで異国の文字を記した。そこには〝龍〟そして〝竜〟とあった。

「両方とも日本語でドラゴン《ドラッヘ》を指す文字だが、用法は違う。〝龍〟は東洋出自の空想上の動物を、そして〝竜〟は西洋出身の高貴な怪物を意味している。日本人は自前の航空母艦には前者を、我が社から買った《MEKO》には後者の文字をあてているのだ」

「ヨーロッパからの輸入品だと宣言しているのでしょうが、しょせんは物真似が得意な東洋人にすぎません。我ら西欧人に憧れと劣等感を抱いている証左でしょう」

「その東洋人が、アメリカ海軍を破滅に追いやろうとしている。これは芳しくない。次のラウンドは合衆国に勝ってもらわなければ。それでこそ調和が確保できるというものだ」

未決済の書簡箱から数枚の文書を取り出したヒトラーは、即座にサインを終えた。

「アルゼンチン、ブラジル、チリに二隻ずつ輸出する予定の《ＭＥＫＯ》だが、アメリカに転売しよう。これが契約書だ。すぐ手続きにかかれ」

いちど言い出したら聞かない相手だと承知していながらも、シュペーアは訊ねた。

「ルーズベルト大統領からオファーが来ているのは聞いております。しかし、南米のＡＢＣ三国から契約違反だと訴えられませんか」

「充分な違約金を払えば、いいだけの話。その分を上乗せしてルーズベルトに要求する。これで日本海軍が苦境に陥れば、スターリンの視線は極東に向けられるであろう。ポーランドで侵攻準備を整える赤軍の矛先をドイツからそらすには、ほかに方法がない」

「ですが、日本とソビエトの間には二国間同盟が結ばれております。極東ソ連軍が満州から朝鮮へと侵攻する可能性は皆無でしょう」

「火事場泥棒に約束など期待するべきではない。もっとも、スターリンを凍りつかせる策はすでに講じてあるが」

そのとき、卓上の電話がけたたましく鳴った。

ヒトラーは自ら受話器を取り上げる。

「私だ。ああ、博士か。それで首尾は？　ほう、あと半年強で初期起爆実験にこぎつけられるか。予算を倍に増やす。人手も優先的にまわそう。よりいっそう努力したまえ」

必要最小限の会話で欲する情報を得たヒトラー社長は、悪魔的な笑みを浮かべるのだった。

「カール・フォン・ヴァイツゼッカー博士だよ。五年前から研究させていた新型爆弾だが、やっと完成の目途がついたらしい。

一発で街を吹き飛ばせる最終兵器だ。さて、どの国に売るべきか。考えるだけで興奮するではないか」


太平洋戦争の行方のみならず、全世界の命運はドイツ製の兵器に翻弄されつつあった。


寧日《ねいじつ》への道筋は、まだ痕跡すら見えない……。

（次巻に続く）

RYU NOVELS

# ガ島要塞1942
## 南溟の大海戦！


2019年1月23日　初版発行

著　者　吉田《よしだ》親司《ちかし》
発行人　佐藤有美
編集人　酒井千幸
発行所　株式会社　経済界
〒107-0052
東京都港区赤坂 1-9-13　三会堂ビル
出版局　出版編集部☎03(6441)3743
出版営業部☎03(6441)3744
ISBN978-4-7667-3267-2
振替　00130-8-160266



印刷・製本／日経印刷株式会社

Printed in Japan

## RYU NOVELS

| | |
|---|---|
| 極東有事 日本占領 1 2 | 中村ケイジ |
| 天空の覇戦 | 和泉祐司 |
| 戦艦大和航空隊 1～3 | 林 譲治 |
| パシフィック・レクイエム 1～3 | 遙 士伸 |
| 大東亜大戦記 1～5 | 羅門祐人 中岡潤一郎 |
| 異史・新生日本軍 1～3 | 羅門祐人 |
| 修羅の八八艦隊 | 吉田親司 |
| 日本有事「鉄の蜂作戦2020」 | 中村ケイジ |
| 孤高の日章旗 1～3 | 遙 士伸 |
| 異邦戦艦、鋼鉄の凱歌 1～3 | 林 譲治 |
| 東京湾大血戦 | 吉田親司 |
| 日本有事「鎮西2019」作戦発動！ | 中村ケイジ |
| 南沙諸島紛争勃発！ | 高貫布士 |
| 新生八八機動部隊 1～3 | 林 譲治 |
| 大和型零号艦の進撃 1 2 | 吉田親司 |
| 鈍色の艨艟 1～3 | 遙 士伸 |
| 菊水の艦隊 1～4 | 羅門祐人 |
| 大日本帝国最終決戦 1～6 | 高貫布士 |
| 日布艦隊健在なり 1～4 | 羅門祐人 中岡潤一郎 |
| 絶対国防圏攻防戦 1～3 | 林 譲治 |